KB183110

Loading
이웃집 길드원
267
만화
스튜디오 웨이브
원작
허니트랩
1
W
A
S
D
50
99

CONTENTS

ㅠi9별_photo.jpg

1화
ILLUSION...

맴
맴

맴
맴

부우웅…
PAPRIKA
한여름.

에어컨이
고장 난 사무실.
부웅

고용
참고
신대리
공유폴더
저녁
취합
sh
신규
.wrd
가가오톡
2010
종합
스슥
클릭 클릭

가가오톡 선물하기
(광고)오늘 같이 더운 날!
내 마음을 시원하게 얼려 줄..
뿅!
1
#

하.

하아….

사장님,
에어컨 고치는 돈이
그렇게 아까우셨나요?
얼굴인증 로그인
슥…
목숨도 그만큼
아까워하셨으면
좋았을 텐데.

방금 충동적으로
(사장님 살해 청부) 적금을 넣어서
통장 잔액까지 안쓰러워졌다.

너네 점심 먹었어?

선용

아니ㅜ 피자 땡긴다.

정세형

어 ㅅㅂ 욕 배부르게 먹음.
내일까지 굶어도 될 듯.

짜식들,
저녁 6시 이후론
연락도 안 되는 놈들이
칼답하는 거 봐라….

얘네도 어지간히
일하긴
싫은가 보지?

정세형

팀장 이 X같은 거 어떻게 하루 만에 끝냄? 니라면 할 수 있겠냐?!?!

띠롱

빡빡이 이 자식 나중에 술 들어갔을 때 한 대 치고 깽값 물어 줄까 봐 — —

선용

ㅋㅋㅋㅋㅋㅋㅋ

그래도 너가 이여운보다 낫다. 저 놈 전에 보니까 적금 넣더라.

살해 청부 적금ㅋ

정세형

걍 비상금 이겠지~ 적금인 척 오지네

어 너희 것도 새로 만들려고^^

정세형

ㄷㄷ

…심심한데
간만에 먼저
말 좀 걸어볼까?

거래처

이모티콘을 보냈습니다

아직도 자?

1

오후 1:10

……
자나 보네.
개부럽다

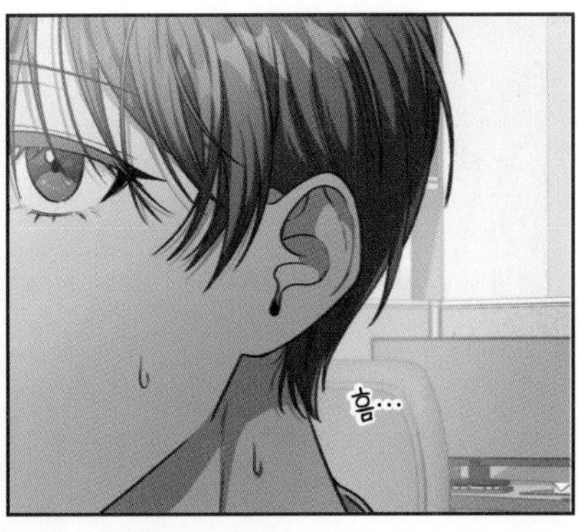
흠…

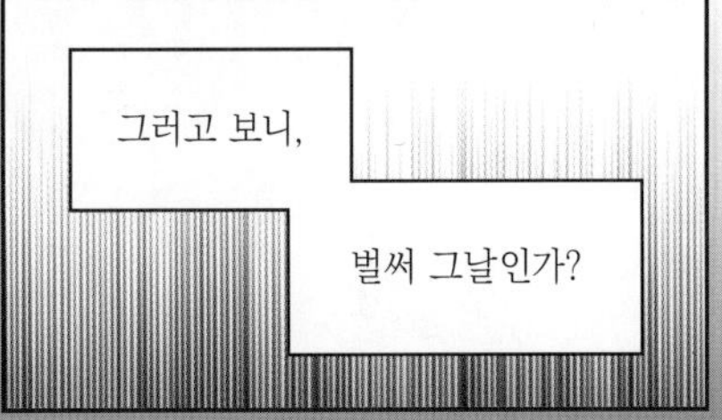
그러고 보니,
벌써 그날인가?

[커플]neutaaaa:
그럼 내기하자.

[커플]ㅈi9별:
…뭐 걸 건데여?

지금 우리 회사
에어컨이
고장 났거든?
일주일 내로
고쳐질지,
아닐지로.

소원 빵!

ㅇㅋ 딱 대.

…네가 이길 일은 없을 거야, 지구별.

타다다
0.4sec
다닥~
대, 대리님?
몸 안 좋아서
점심 안 먹었다며?
괜찮아?
어유,
화들짝
놀라네
휙
쿵쿵쿵쿵쿵

괜찮아여ㅏ….
사장님
살해 청부 적금 얘기는
못 봤겠지?
선용
그래도 너가 이여운보다 낫다. 저 놈
전에 보니까 적금 넣더라
선용
살해 청부 적금ㅋ
정세형
걍 비상금이겠지~
주륵
주륵
어휴, 남자가
이렇게 병약해서
어쩌려고.

하하, 제가 원래
여름엔 좀 약해요.
하하하 습^
하하
그니까
에어컨 좀 고쳐,
ㅅㅂ….

그런데 이 주임,
요새 퇴근하고
뭐 하는 거 있어?
예? 저요?

퇴근하고
수영…
다닙니다.
…?
뭐야,
갑자기.

히죽
이야…
맨날~?
흐음~
히죽
맨날…
은 아니지만….

훗…

이 주임,
애인 생겼지?!
처억

이 주임…
애써 숨길 필요
없어.
난 다 알아.
예? 뭘…

…네?

나 완전 족집게잖아!
이 주임 요즘 퇴근 시간만 되면 후다닥 짐 챙겨 나가버리는 거 다 봤다구~!
맞지? 그거지?!
그치!!?
아닌데요….

에이~ 뭘 숨기고 그래! 젊은이가 연애 좀 할 수도 있지~
아니, 정말 없다니까요.

ATB 기업 1년 차 사원 이여운(28).
애인이 생긴 것은 아니다.
아, 확실한데~ 내 촉이~
정말 아닌데…
하지만 사실대로 말하기도 좀 꺼려진다.

왜냐하면 내 취미는
온라인 MMORPG
게임이니까!

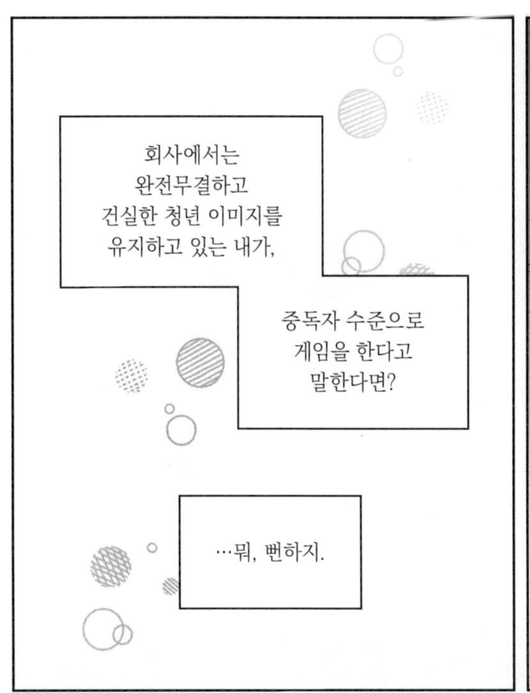

진짜
없어요~

아, 아니면
그냥 썸만
타고 있구나?

……;

아유~
애인이랑 결혼하려면
돈 많이 모아둬야겠어,
응, 응?

ㅎㅎ….

난 진짜
저런 상사 되지
말아야지.
으~
시바~
ㅎㅎ
정말
아닌데~
사회성 가동 중
띠롱

?!?!?!?!?!?
휘
익

아…
거래처
지구 기상 ><
알람이 아직
켜져 있었…!!

무슨
거래처?
아…
그게…

그러니까…

← 거래처

거래처

이제 일어나써여

ㅎㅎ 나 오늘 휴강이라
쫌 늦게 일오낫는뎅ㅋㅋㅋ

띠롱!

띠롱!

휴강…
대학생인데?

그, 그만…
그만해…!

띠롱!

응?

톡

짜아식…
그렇게 안 숨겨도
뭐라고 안 하는데….

끄덕

슥

대, 대리님!?

띠링

얜 남자란 말이야!!
뿌각

여운이 형
깼으면 곱게 밥이나 처먹어.

……

'이 녀석'은
게임에서 만난
동생인데,
아 만나만나
아아아앙
만나자고
오프하자고
최근 녀석은
좀 집요하게
내게 만나자고
하고 있다.

그래서 내세운 게
바로…
소원 빵!
내게
유리한 조건이라
미안하지만,

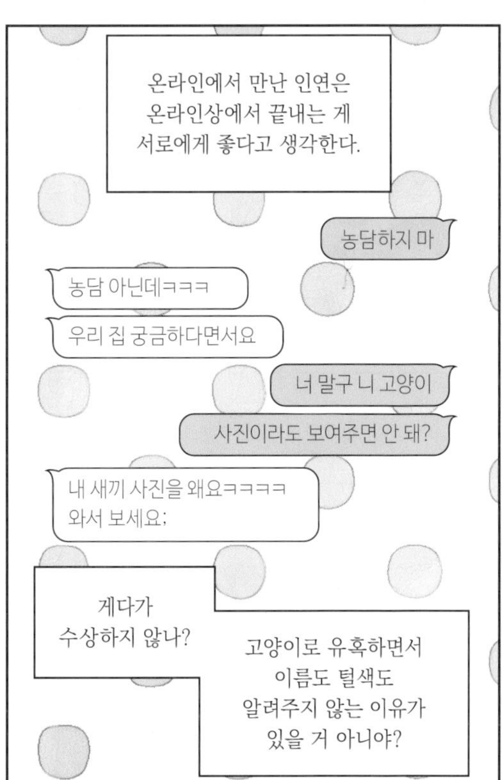
온라인에서 만난 인연은
온라인상에서 끝내는 게
서로에게 좋다고 생각한다.
농담하지 마
농담 아닌데ㅋㅋㅋ
우리 집 궁금하다면서요
너 말구 니 고양이
사진이라도 보여주면 안 돼?
내 새끼 사진을 왜요ㅋㅋㅋㅋ
와서 보세요;
게다가
수상하지 않나?
고양이로 유혹하면서
이름도 털색도
알려주지 않는 이유가
있을 거 아니야?

헉
좋을 때다~
치카
치카
설마
장기 털이범이나
사이비 전도
뭐 이런 거인가?!

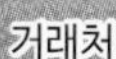

ㅠㅠ 상처…
여보는 우리 사이가 장난이야?
우리 헤어져.

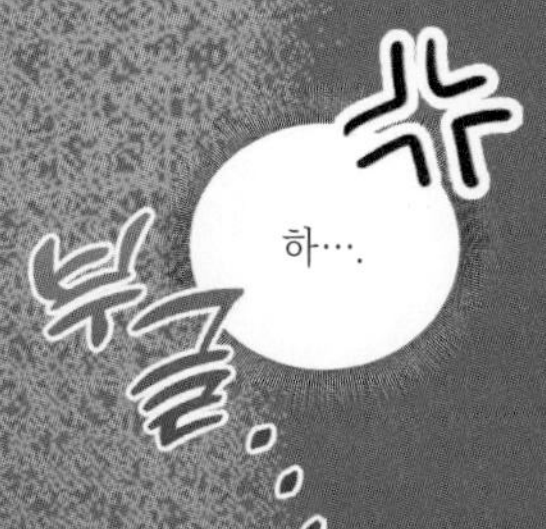

똑똑

안녕하세요~
에어컨 수리하러
왔는데요~

찌이…

펄럭

변명하건대,
제정신이 아니었다.

띠링

날이 너무 더웠고,
배가 고팠고,
일하기 싫었고…

잠깐 올라가서
에어컨 좀 볼게요~
아, 잠시만요.
의자 치워드릴게요.
같이 대화한 놈이
너무 끈질겨서,

씨익

그래서…

엇… 들켜서 운다
여운이 형
기사님 옴.
에어컨 고치고 올게!

휘이잉~

하아—
살 것 같네~~

저장명 '거래처'와의
인연이 시작된 것은

1년 전 여름으로
거슬러 올라간다.

2화
ILLUSION...

취준생 이여운(27).
이 게임 저 게임
전전하다
드디어 정착하나
했더니…
오락실
victory!
폰겜
리틀포레스트?
갓겜 냄새가
난다!
젠장….
하던 게임에
질려버렸다.
쿠
웅
밸런스 붕괴!
과한 과금 유도!
그렇게 시작한 게임은
똥 중의 똥,
망겜 of 망겜이었던 것이다!
소통 안 되는
운영진!
신규 유저 없음!
버그!

이딴 망겜 접고
이번에야말로
갓겜 하고야 만다.
드르륵
드르륵...

일루전? 전에
광고하는 거
본 거 같은데,
Illusion
ONLINE
한번 깔아볼까.

그래도
명색이
취준생인데,
그냥 가볍게
찍먹만 해보는 거야,
찍먹만~!

이날 하루 만에
레벨 50을 찍게 된다.

일루전은
사냥을 하지 않으면
스토리 진행이 어려운
게임인데,
고레벨로 갈수록
길드가 없으면 사냥이
더 어려워진다고 한다.
역시
다들 길드가
있네….
neutaaaa
두리번
그래서 초반엔
아무 길드에나 가입해서
어찌저찌 1차 전직을
마쳤으나…
길드 채널
유령 길드가
되어버렸단
말이지~
휑
곧 2차 전직이니
길드를 다시
구해봐야겠다.

ch.3 길드존으로 진입합니다.

'neutaaaa' 님께서
파티에 참여하셨습니다.

다
다
다
다
다
다
다

저
길드 가입하려고
하는데요.

끼익

포세이돈 길드 분
맞으시죠?

안녕하세요!

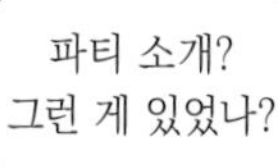

파티 소개?
그런 게 있었나?

'200LV ↑ /접률 ↑ /면접 ↑ /매일 길퀘수
아.

아…
이제 봤네요ㅠㅠ
neutaaaa
Lv.120
ㅋㅋ

저 근데…
200렙 정도는
금방 찍을 것 같은데,
렙 네고
안 되나요? ㅎㅎ
?

저
게임 시작하자마자
하루 만에 50렙
찍었어요!
200렙도
금방 찍을 수
있을 것 같은데!
그냥 뉴비 하나만
받아주시면
안 될까요?
……

머쓱..
ㅋㅋ 야,
너 뭐야?
뭔데 자꾸
따라다녀?!
?
[서버]지9별:
3채널
'neutaaaa'
제일 빨리
킬 따는 사람 1억.
후
욱
어…?

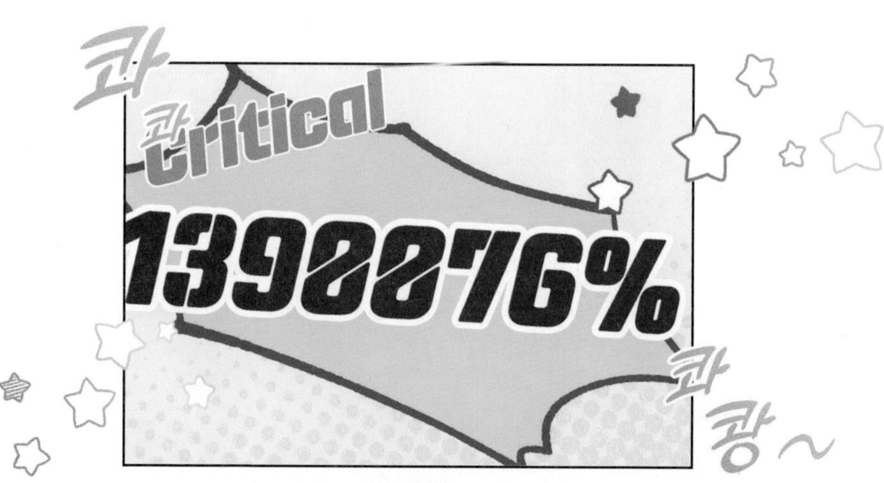
콰
콰
Critical
1398076%
콰
쾅~

'베리딸기' 님에 의해
사망하셨습니다.
가까운 마을에서 부활하시겠습니까?
▼경험치가 일부 하락합니다.

멍..
이게 뭐지?

척
메일함으로 킬 인증
이미지 보내주세여.
네에~~~

뭐, 뭐야…
갑자기 왜?!
부들
부들
내가 뭘
잘못했다고???

저기요,
뭔가 오해가
있는 것 같은데요;;
무슨 오해?
저
님 따라다닌 적
없어요… ㅠㅠ
ㅋㅋㅋㅋㅋㅋ
그러시겠지~

뭐… 시작하자마자
50렙을 찍었다고?
—험한 말—
저 지금은
120렙인데요?

됐고.
매번 부캐 파 와서
이러는 거
질리지도 않냐?

무슨 말인지
모르겠는데 저 진짜
아니라니까요;;
그리고 이 캐릭터는
본캐예요ㅠㅠ
본캐 같은
소리 하네ㅋㅋ
근데 꼬라지가
왜 이럼ㅋㅋㅋ
쾅
그럼
어제 시작했는데
어쩌라고, 개XX야!

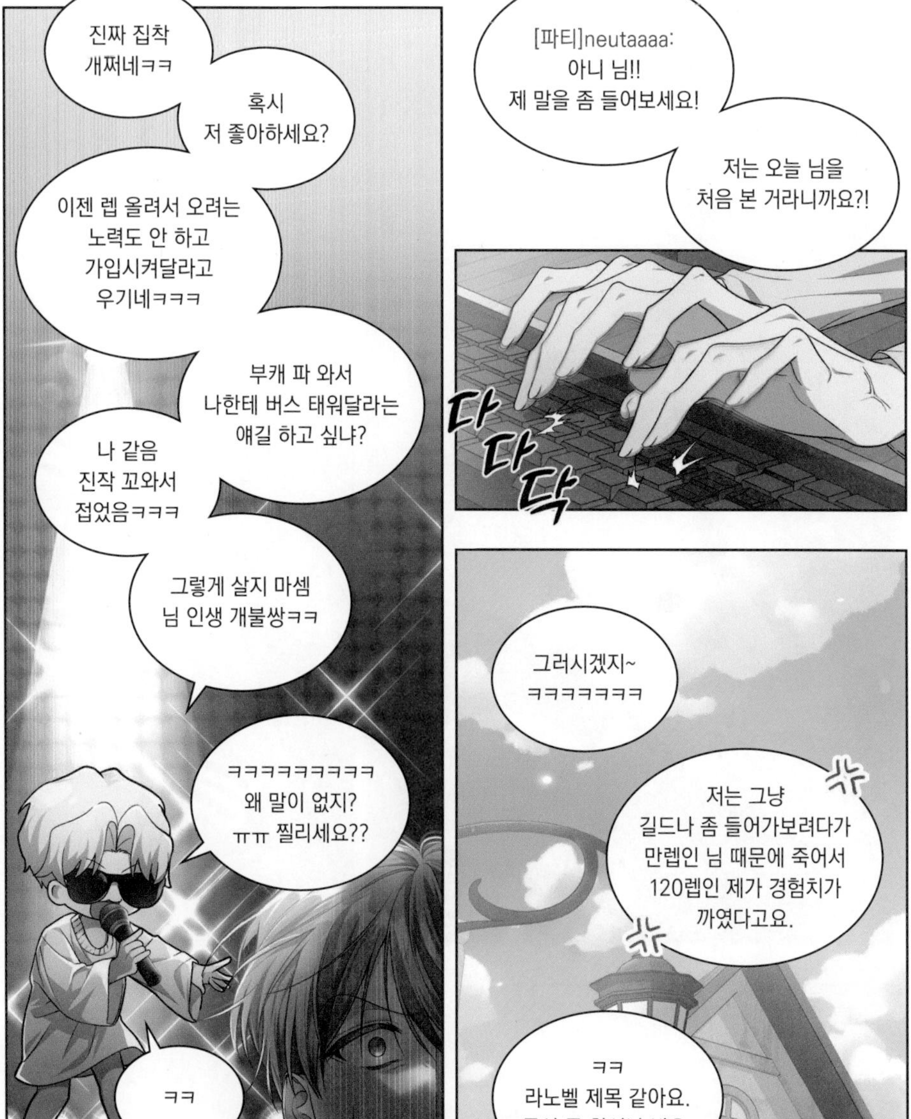

진짜 집착
개쩌네ㅋㅋ

혹시
저 좋아하세요?

이젠 렙 올려서 오려는
노력도 안 하고
가입시켜달라고
우기네ㅋㅋㅋ

부캐 파 와서
나한테 버스 태워달라는
얘길 하고 싶냐?

나 같음
진작 꼬와서
접었음ㅋㅋㅋ

그렇게 살지 마셈
님 인생 개불쌍ㅋㅋ

ㅋㅋㅋㅋㅋㅋㅋㅋㅋㅋ
왜 말이 없지?
ㅠㅠ 찔리세요??

ㅋㅋ

아무 말도
못 하죠?

아니, 시X
뭔 타자가…;

[파티]neutaaaa:
아니 님!!
제 말을 좀 들어보세요!

저는 오늘 님을
처음 본 거라니까요?!

다다닥

지금까지 지구별 님께 무슨 일이 있었는지는 모르겠지만,
아무런 근거도 없이 선량한 일개 유저한테 너무 심하신 거 아닌가요? :)
우와! 신용 점수 A 드려요^^
짝
짝짝

그런데 이제 연기 점수 F를 곁들인!
도합 총점 F입니다~
빠직
빠직
빠직

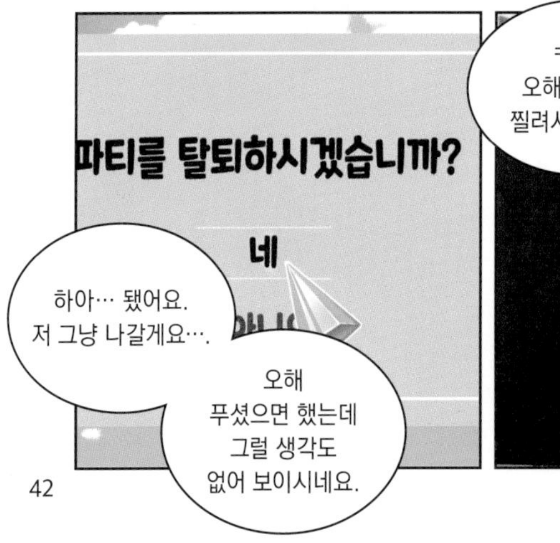
파티를 탈퇴하시겠습니까?
네
하아… 됐어요. 저 그냥 나갈게요….
오해 푸셨으면 했는데 그럴 생각도 없어 보이시네요.

ㅋㅋㅋ 오해는 무슨, 찔려서 나가죠?

파티

지9별

포세이돈대장

neutaaaa

[파티]포세이돈대장:
아 헐, 지구별 님!

ㅁ ㅣ 치셨나요?
갑자기 왜 그래요;;

영어 님
자ㅁ깐만요!!

뭐야,
잠수 탔던 길드장
이제 돌아온 건가?

됐다,
더 이상 이 파티에
있고 싶지 않아.

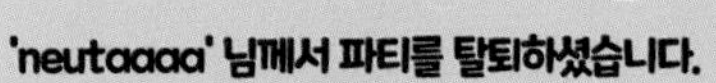
'neutaaaa' 님께서 파티를 탈퇴하셨습니다.

"제로 웨이브"!
Critical
976817
촤
악
?!!?!
폴짝
폴짝
무뭐모무뭐야?!?!?!?
[귓속말]지9별:
아이구 실수 ^_^
아니 무슨
*이속이 이렇게
빨라?!
…그리고 왜 또
죽이는 건데?!
*이동 속도
즉사했대요~
그러게
부를 때 멈추시지~
ㅋㅋㅋㅋㅋㅋ
'지9별' 님에 의해 사망하셨습니다.
가까운 마을에서 부활하시겠습니까?
네
석탑에서 부활
[귓속말]neutaaaa:
님이 언제
절 불렀다고;;
아니 근데 뭐예요?!
다짜고짜 욕 박을 땐
언제고?!
그랬던가?
>_<
그랬다,
이 XX놈아.
무시하자,
무시.

*길드 마스터

아니 님, 제 말 제대로 들었어요?

*길마님이 지금 저 쓰레기라고 오해하잖아요;;

석탑에서 부활하기

책임지라고요;

클릭

쓰레기<<
맞다고 하세여 :)
ㅂㅂ~
슈욱

휴욱…
에휴,
이상한 놈한테
걸려서는.
아예 채널도
다른 데로
옮겨버려야…

리스폰 중……

님아~~~
말하다 말고
어디 가세요~~~
두두두두
또냐?!

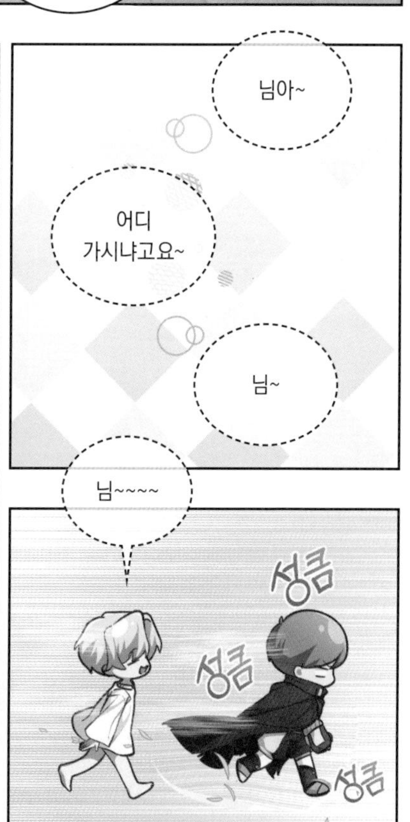
님아~
어디
가시냐고요~
님~
님~~~~
성큼
성큼
성큼

그냥 우리 길드장님한테
저 스토킹한 거라고
말해주면 된다니까요?
저기요~

제 귓말이
안 보이시나요~?!

무시하자, 무시.
'지9별' 님께서
친구 신청을 보냈습니다.
수락하시겠습니까?
미쳤냐,
내가 받아주게?
친구 신청을
거절하셨습니다.

꾸엑~
퍽
HIT!
30145

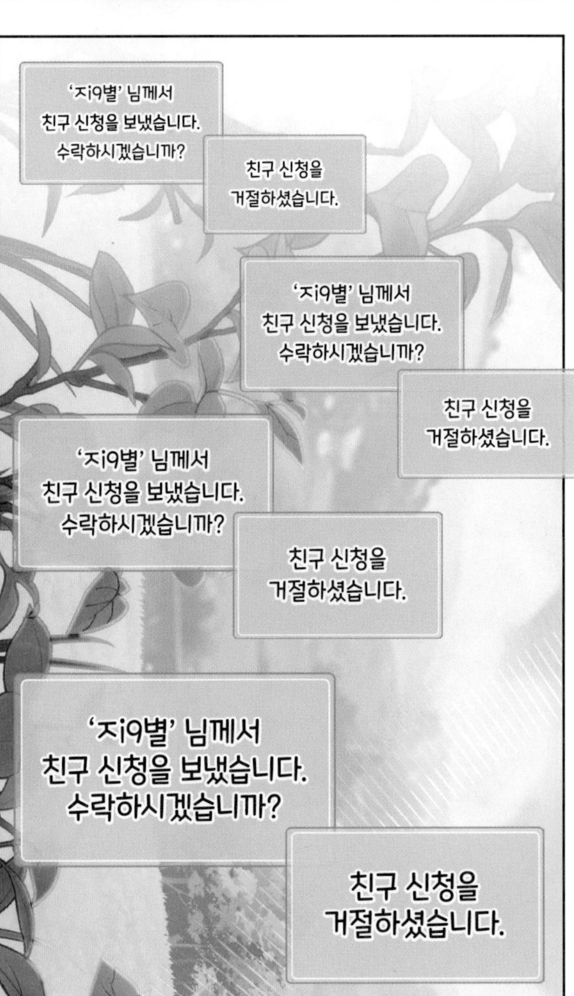
'지9별' 님께서
친구 신청을 보냈습니다.
수락하시겠습니까?
친구 신청을
거절하셨습니다.
'지9별' 님께서
친구 신청을 보냈습니다.
수락하시겠습니까?
친구 신청을
거절하셨습니다.
'지9별' 님께서
친구 신청을 보냈습니다.
수락하시겠습니까?
친구 신청을
거절하셨습니다.
'지9별' 님께서
친구 신청을 보냈습니다.
수락하시겠습니까?
친구 신청을
거절하셨습니다.

졸 졸 졸 졸

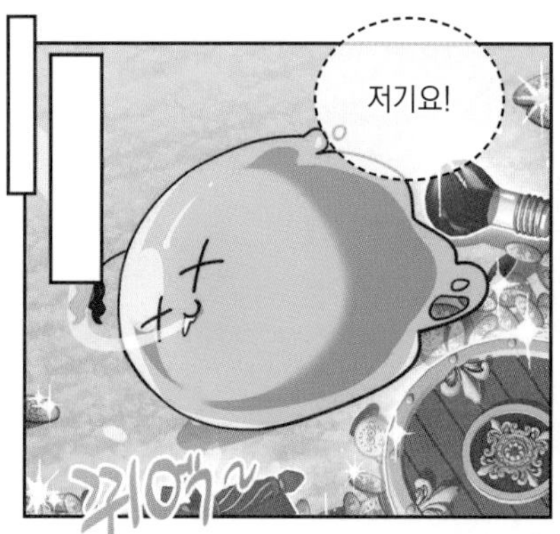
저기요!
끼얘~

아… 그렇구ㅗ나.
죄ㅗ송해요 전 할 말
더 없어요. ㅜㅜ
그러니까
따라오ㅗ지 마세요.

ㅇㅙ요?
전 그 ㅉㅗㄱ이랑
친구 할 생각 없어요.
친구 신청은
님이 자꾸 제 말 안 듣고
어디로 가려고 하니까
그런 거고요;
누군 좋아서
이러는 줄 아나;;

아아아!!!!!!!

진짜 내 직위 어쩔 거야!!! ㅠ 돌려내!!! ㅠㅠㅠㅠ

빼액

그건 제 알 바 아니죠ㅎㅎ

꾸욱
'지9별' 님께서
친구 신청을 보냈습니다.
수락하시겠습니까?
두두두
윽.

'지9별' 님께서
친구 신청을 보냈습니다.
수락하시겠습니까?
....
두
'지9별' 님께서
친구 신청을 보냈습니다.
수락하시겠습니까?
다
'지9별' 님께서
친구 신청을 보냈습니다.
수락하시겠습니까?
다
'지9별' 님께서
친구 신청을 보냈습니다.
수락하시겠습니까?
다
'지9별' 님께서
친구 신청을 보냈습니다.
수락하시겠습니까?
다

—강제 종료—
진심
뭐 하는 새끼야?!

어그로 때문에
진짜 게임할 맛
안 나네.
내일 다시
접속해야지.

다음 날
짹 짹

새로운 우편이 도착했습니다.
우편함을 확인해 주세요.
우편?

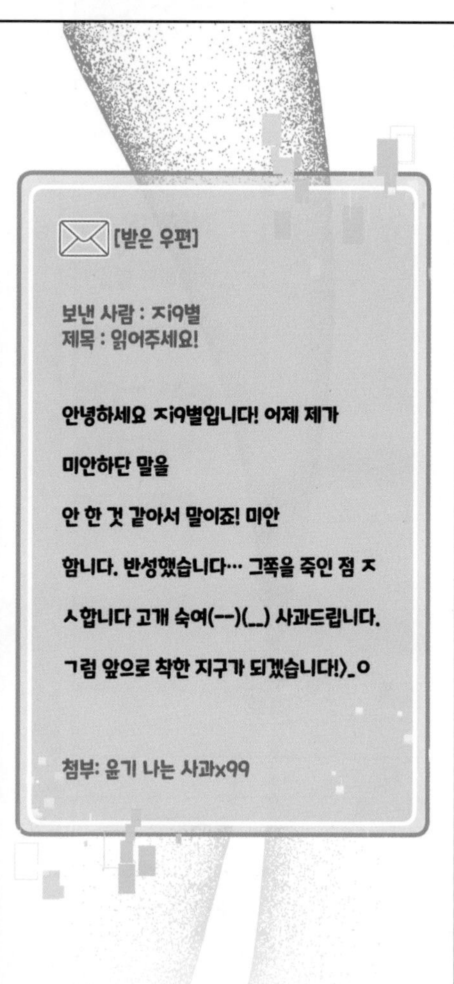
[받은 우편]
보낸 사람 : 지9별
제목 : 읽어주세요!
안녕하세요 지9별입니다! 어제 제가
미안하단 말을
안 한 것 같아서 말이죠! 미안
함니다. 반성했습니다… 그쪽을 죽인 점 ㅈ
ㅅ합니다 고개 숙여(--)(__) 사과드립니다.
ㄱ럼 앞으로 착한 지구가 되겠습니다!)_o
첨부: 윤기 나는 사과x99

띄어쓰기까지
다 틀려놓고는…
응?
[받은 우편
보낸 사람 : 지9
제목 : 읽어주세요
안녕하세요 지9
미안하단 말을
안 한 것 같아서
함니다. 반성했습
ㅅ합니다 고개 숙
ㄱ럼 앞으로 착한
첨부: 윤기 나는
안 미안함 ㅅㄱ~

빠직
하…!
이 새끼가
진짜…!!!

3화
ILLUSION...

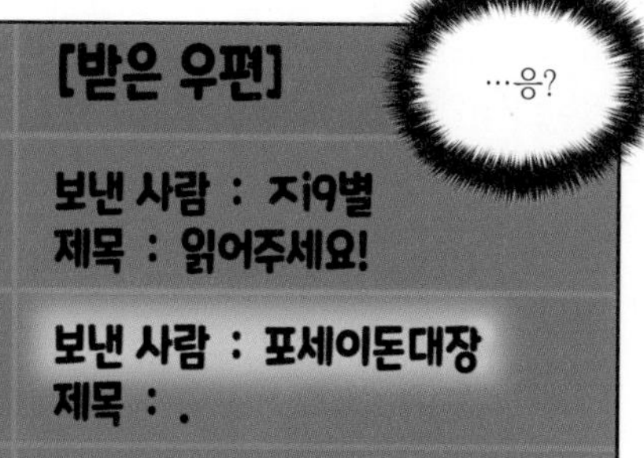

다름이 아니고 어제
저희 길드원이
실례되는 행동을 한 것 같아
우편 드립니다ㅠㅠ

제가 중재를
했어야 했는데
자리를 비운 사이에
심한 소릴 듣게 해드려
죄송합니다.

최근 악의적인 의도를 품고
길드에 들어와 무작정
버스를 태워달라고 하거나,

저희 길드와 길드원들에
대한 비방글을
게재하는 사람이
있었습니다.

일방적으로
길드 내 랭커들의
개인 신상과 SNS를 알아내
루머를 유포하고,

악의적인
신고까지 하는
몇몇 유저 때문에
골머리를 앓고 있습니다.

변명이 되지 않을
소리라는 건 알지만
길드원들 다수가
스트레스를 받고 있는
상황이라,

지9별 님도
좀 예민하게 굴었던 것
같습니다.

우선 임시로
지9별 님의
길드 직위를
내려뒀습니다.
스윽…
neutaaaa 님께 진심 어린
사과를 드린 후
직위를 다시 올리겠다고
약속했으니,
해당 길드원의
사과를 받으시고
마음이 풀리실 때
우편 넣어주시면
감사하겠습니다….
매번 부캐 파 와서
이러는 거
질리지도 않냐?
그런 일이
있었구나?
아….
사연이 좀
안됐긴 하네….
훅

어제 그렇게
난리를 치며
따라온 걸 보니,

길드 직위가 내려가면
뭐가 되게 안 좋은
건가 보지?

그러니까
길드장이 시킨 대로
곱게 사과만 했으면
됐을 텐데….

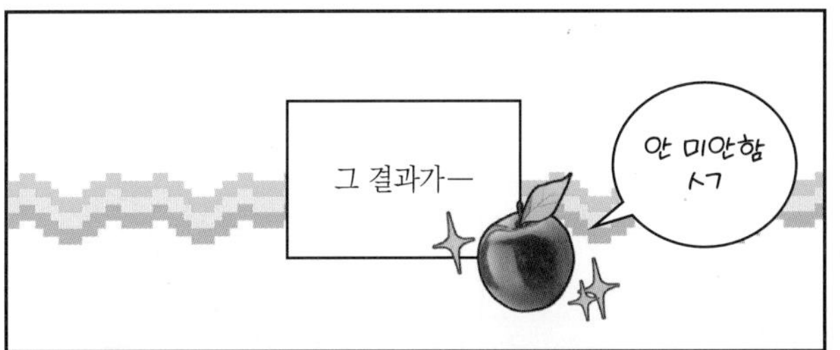

네, 길마님이 보내신 우편 봤어요.

그리고…

지구별 님이 보낸 '사과' 우편도 받았습니다.

아휴, 다행이네요!

혹시 그분께 말 하나만 전해주실 수 있나요?

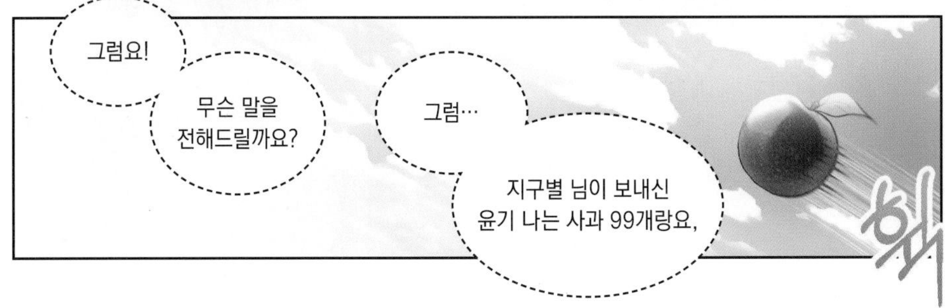

'안 미안함 ㅅㄱ'라고
세로 드립 치신 거
잘 받았다고 전해주세요~ ^^

악

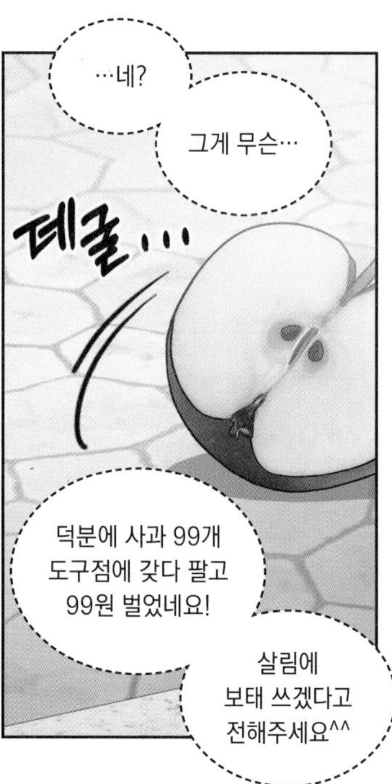

그, 그러니까
지구별 님이 우편으로
또 장난을
치셨다는 건가요…? ;;;

…죄송한데
혹시 그 우편
그대로 저한테
전달 좀 해주실 수
있을까요?
타닥
물론이죠! ^^

우편 보냈어요! ^^
괜히 중간에 껴서
번거롭게 해드려
죄송해요ㅠ
아이고,
별말씀을요ㅜㅜ

님아!!
불쑥

어디 갈 데까지
가보자고!

길마한테 한 소리
듣고 왔나 보네.
ㅋㅋㅋㅋㅋ
하, 진짜…
님 진짜 저한테
왜 이러세요?!
스토커 아니라더니
왜 계속 하는 짓은
나 X되라고 하는 것
같지?
ㅋㅋㅋㅋ
역시나.
예?
대답 좀 해보시라고요~
님 저 진짜 모르는 거
맞아요?
모르는 거
맞냐고~~~
모른다고
말씀드렸잖아요~
꼴 좋다,
새꺄!
잘됐다!
씨익
…응?

뽈칵

그럼 지금부터
알아가봐요!

척

?!?!?!

갑분 프러포즈…
ㄷㄷ

ㅋㅋㅋㅋ
ㅋㅋㅋㅋ

어, 어?

포세이돈
길드 사람들?

나 캡처
안 되는데~

ㅋㅋㅋㅋㅋ 길마님
고장 남ㅠㅋㅋㅋ

길드원들까지 데려오다니,
이건 또 무슨 꿍꿍이야?!
이익
제 프러포즈 받아주실 거죠?
그럴 리 있나?!
거절
교제를 거절하셨습니다. 10분간 고백 이벤트 버프가 활성화됩니다.
최소 공격력 25% 상승▲
ㅋㅋㅋㅋㅋㅋㅋㅋㅋ ㅋㅋㅋㅋㅋㅋㅋㅋㅋ ㅋㅋㅋㅋㅋㅋㅋㅋㅋ
크하학
푸하항
차였대요! ㅋㅋㅋㅋㅋㅋ
ㅋㅋㅋㅋㅋㅋ ㅋㅋㅋㅋㅋㅋ

'지9별' 님께서
교제를 신청하셨습니다!

수락하시겠습니까?
수락 / 거절

4,900원짜리
현질템 50개면
245,000원?!?!!

내가 계속
거절하면
그만한 돈이
날아가는 거야?!

부담스러워!!!

아, 이제
49개네, 에헷
〉〈

저한테 왜
이러시는 거예요;;

길마님이
모두가 보는 앞에서
진심을 보이래서
제 진심을
보여드리려고요♡

…?!
제가 언제
그랬어요?!
neutaaaa 님
오해예요;;
저는 그냥 진심으로
사과드리라고만
했다고요!!

'지구별 님이
진심을 보이고
그분께서 받아주시면
직위 올려드릴게요'
라고 했거든요?
사과하라는 소리는
안 했음!
그건
그랬네ㅋㅋㅋ
맞네…

뿔
뿔
뿔
뿔
그렇다고
현금을 버릴
생각을 해?!
그래서, 님.
끼기각
제 '진심',

받아주실 거져?

째깍...

째깍...

째깍...

째깍...

카운트다운 끝나면
아이템 깨져요~

째깍...

째깍...

파앙

커플이 성립되었습니다!
커플 창에서 스킬을 확인해주세요
♡

ㅋㅋㅋㅋㅋ ㅋㅋㅋㅋㅋㅋㅋㅋ ㅋㅋㅋㅋ

ㅋㅋㅋㅋ ㅋㅋㅋㅋㅋㅋㅋ ㅋㅋㅋㅋㅋㅋㅋㅋ

크하학

ㅋㅋㅋㅋㅋㅋㅋㅋㅋㅋㅋㅋ ㅋㅋㅋㅋㅋㅋㅋㅋ ㅋㅋㅋㅋㅋㅋㅋㅋㅋㅋㅋ

엥

[귓속말]포세이돈대장:
죄송합니다,
죄송합니다ㅠㅠㅠ
저 정말
이런 거 시킨 적 없는데,
잘 타이르겠습니다
ㅠㅠㅠㅠㅠㅠ
꾸벅
꾸벅
아니에요, 제가
알아서 할게요….
저 새끼 때문에
울지 마세요…

[커플]ㅈi9별:
124렙? 그럼 이제 막
전직퀘 중이겠군.
흠.흠.
커플 전용
대화창 쓰지 마!!

도와줄까여?
ㄴ.
척
그렇게까지
고마워할 필요
없는데ㅎ

혹시 한국말
못 하세요?
필요 없다고요.
?
ㅋㅋㅋㅋ
왜 싫은 척
하세요.
어차피
길드 가입 신청했던 것도
렙업해서 전직 쉽게 하려고
한 거 아니에요?

흠… 포세이돈 길드원들에게 아는 척 말라, 이거지?

그렇다면…

띠롱

띠롱

수락하시겠습니까?

띠롱

띠롱

네가 원하는 대로
해줄 생각은 없거든?

씨익

일루전-자유 게시판

[일루전] 그 길드가 또....

작성자 : (익명)

포X이돈 얘네 또 길드원 모집한댄다.
뭣도 모르고 피해 보는 놈들 없길 바람ㅋㅋㅋ
난 분명 경고했다.

♥추천 13 ☆북마크 4

32개의 댓글이 등록되었습니다.

(익명)
저기 어떤 애 마을 다니는 거 보니까 ㅈㄴ 빠르던데..
버그 쓰는 거 아님???

ㄴ (익명)
ㅇㅇ, 스킬 쓰면서 날아다니던데?

(익명)
왜? 걔네 길렙 높던데 무슨 짓 함?

(익명)
포세이돈 악질임ㅋㅋㅋ

(익명)
걔네 시즌 랭킹 이벤트에 기여도 셔틀 시키고,
강퇴시킴. 먹버당하는 애들 많음.

ㄴ (익명)
원래 그런 길드였음....??? 아니겠지..

ㄴ (익명)
포세이돈 어서 오고~ㅋ

4화
ILLUSION...

네가 원하는 대로
해줄 생각은 없거든?
씨익

길드원들 속마음
지9별 놀리기
존잼~
다들 왜
친구 신청을
받아준지는
잘 모르겠지만….
꾸벅
잘 부탁드립니다

???
님 지금
뭐 한 거예요?
머야,
나 빼고 즐겁지 마;

'지9별' 님께서
친구 신청을 보냈습니다.
수락하시겠습니까?
ㄴㄴ

친구 신청을
거절하셨습니다.
??

'지9별' 님께서
친구 신청을 보냈습니다.
수락하시겠습니까?
친구 신청을
거절하셨습니다.

????????
ㅎㅎㅎㅎㅎㅎㅎ
왜 저는 친구
안 받아줘요?
받기 싫어서요
^^
와~
진짜 어이없음….
교제 신청은 받아놓고
친구는 안 받아주네.

그게
불만이면,
커플
해제하시든지~
후련하다~~
Enter!

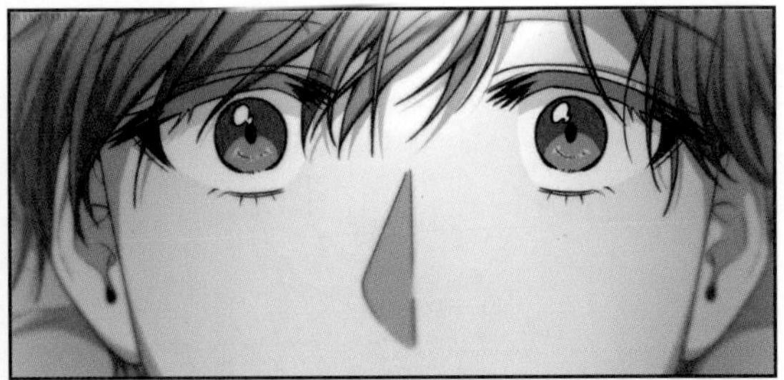

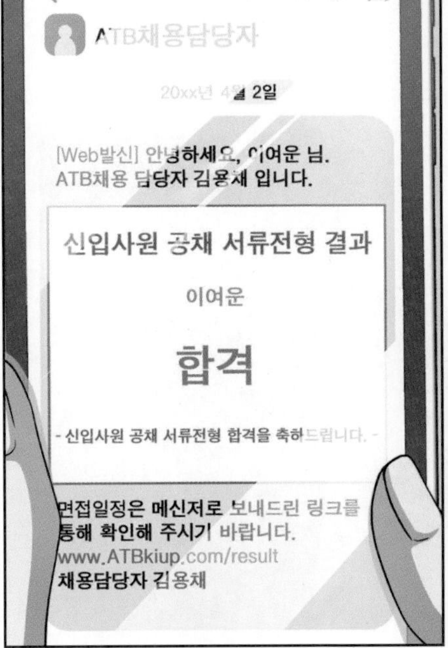

이여운

합격

- 신입사원 공채 서류전형 합격을 축하드립니다. -

아니, 아니지.
면접 보기 전까지는
모르는 거지!
저번에 세탁소에
맡겼던 정장이
집에 있던가?
정장 가지러
본가까지 가야 하는 건
아니겠지?

있다!

저벅

이쯤인 것
같은데….

LTE
9:30
AM
4월 9일
한 시간 반이나
일찍 도착했네….
카페라도 들어가서
면접 예상 질문 정리하고
기다려야겠다.
검색!

딸랑
EVERYDAY DAY
CAFE & SHOP
어서 오세요~

음~
만석이네…
다른 데로 가자.

뭉게
뭉게
면접 전에
담배 냄새는
좀…

바들
바들..
……
인싸 카페…

무슨 회사 근처에 멀쩡한 카페 찾기가 이렇게 힘들어?
반대편은 주택가니까 좀 더 여유로운 카페가 많겠지.
파앗

저 사람은
길바닥에서
뭐 하는 거지?
부스럭
옷차림을 보니
동네 주민
같은데….

…아!
주민한테
물어보면
되겠구나!
근처에 살면
동네 지리에 대해
잘 알겠지?!
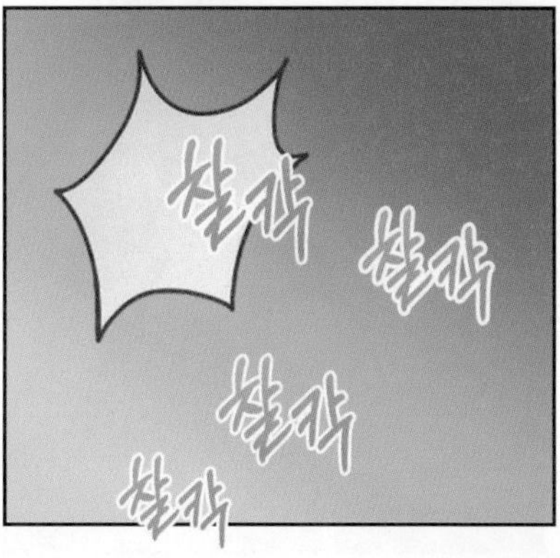
찰칵
찰칵
찰칵
찰칵

타타탓
…응?
찰칵

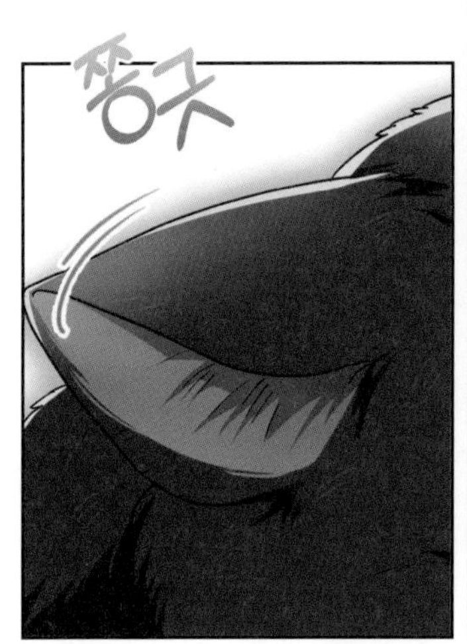
쫑긋

가웃
가웃

....
말 걸어도
되려나…?

근처에
사람도 없으니
별수 없지, 뭐….
살금..

톡
톡
저기—

악!!
쩌렁
펄쩍
쩌렁
우당탕
어?;;
쿠당
아, 아니…
쌩~
이렇게까지
놀라게 할 생각은
아니었는데….

아…!
휘익
부릅!

뭐예요?!
움찔
아, 저…
그게…
죄송합니다….

죄송하면 다예요?!
가만히 앉아 있는
사람 쳐놓고는!!
툭
툭
내가
그…랬나?

손가락으로
툭툭 친 것
뿐인데….
예민하네…
길, 길 좀
물어보려고요….

쿠구구구…
길?
왜…

왜 계속
째려보는 거지?
꿀꺽…
여, 여기로
가려고 하거든요….
그리고
덩치가 커서
무서워…!

....
왜, 왜 그러지….
이 카페 별론가?

이 골목
아니에요.
따라와요.
슥
아, 감사합…

성큼
성큼
성큼

…물어볼 사람을
잘못 골랐네.

이 동네 사람
정말 야박하다….
지금 제대로
가고 있는 거
맞겠지…?
불안해…
중얼…
이 망겜….

4월 9일 업데이트 예고

Illusion ONLINE

작성자: GM레몬

안녕하세요, 모험자님! GM레몬입니다.

4월 9일 업데이트 예정 사항을 미리 안내해 드립니다.
모험가님들을 위한 새로운 이벤트와
일부 작업의 신 에피소드가 추가될 예정입니다.

*오류 수정
*이벤트

오류 수정
*히어로 직업의 그리마 도트가 튀는 효과 수정.
*발키리 직업의 끌어오기 특성 범위 수정.
*아쿠아리움 맵 1~4에서 신규 펫 '흑호'를 탑승 시
속도 저하 디버프가 일시적으로 해제되는 현상 수정.
*경매장 판매 탭이 일부 환경에서 버벅대는 현상 수정.

오,
새로운 이벤트!

이벤트
*게임 접속 후 1시간 동안 경험치 버닝 버프가 적용됩니다.
*[너와 함께라면 어디든 봄이야! 스프링필드] 커플 이벤트가
신규 업데이트됩니다.
*[오월의 신부/신랑] 테마 의상이 패션샵에 업데이트됩니다.

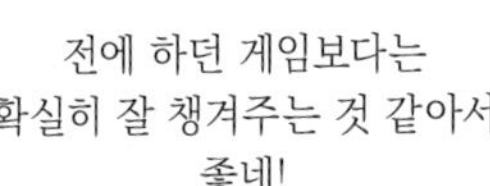

게임 시작한 지
얼마 안 돼서
얼마나 좋은 건지는
아직 잘 모르겠지만,

전에 하던 게임보다는
확실히 잘 챙겨주는 것 같아서
좋네!

봄 이벤트라…

기대되는걸?

5화
ILLUSION...

저벅
저벅
저벅
그나저나…

말도 없이
골목으로 가는데,
저벅
흑시 거짓말이라든가
장기 털이(?) 같은 건
아니겠지?
저벅

수상하게 움직이면
바로 도망쳐야…

「카페 어스」
Cafe Earth
…앗.
진짜로
데려다줬네.
빠밤
첫인상이
무서워서 그렇지
나름 착한가 보다.
오해해서
미안합니다…

아, 생각보다
안쪽에 있었네요.
쌩~
감사합니다,
덕분에—

……
휘잉~
갔네…

그래도
데려다준 게
어디야…

……

면접을 본 지 며칠이 지났다.

그리고…

훅…

포세이돈 길드원들과
친구가 되고 나서,

게임을 접속하면
인사를 해주는 사람들이
생겼다.

이걸 게임 친구라고
해도 되는 건진
모르겠지만,

그래도 다들
잊지 않고 인사해주니
괜히 게임에 더
정도 가는 것 같기도 하고.

[커플]지9별:
갑자기 조용한 거 보니까
또 나만 빼고
인사 중이지?!

도와줄 테니
먹고 떨어지라던 게
누구였는데.

…왔군.

그러니까
렙업 도와줄 테니
먹고 떨어지세요,
쫌.

길마님한테도
그만 좀
일러바치고.

도와준다느니
말은 번지르르
했으면서,

정작 얼마 전 전직
퀘스트를 할 땐…

결국 나는 혼자서
2차 전직을 하고
요 며칠 사이
레벨 150을 찍었다.

자기가
길드원들이랑
친해지지 말라고
했으면서,

포세이돈
길드원들도
같이 있잖아?

왠일이래;

자기야, 왔어?

ㅗ
극혐
ㅋㅋㅋㅋ
부르는 나도
토 나오네
ㅋㅋㅋㅋ
우웩

님 미쳤어요?
갑자기 왜 이럼?
ㅋㅋ 님 제가
그냥 인사하면
안 받아주잖음.
스스슥

자, 그럼
슬슬 갈까요?
네?

저희 어디
가나요?
엥?

지구별 님이
말 안 해줬어요?
뭘요?
ㅠㅠ 저 인간 제가
말 걸면 다 씹는데
말을 어케 해요….

뉴타 님 개미굴
가신다면서요?
아, 네!

이벤트

*게임 접속 후 1시간 동안 경험치 버닝 버프가 적용됩니다.

*[너와 함께라면 어디든 봄이야! 스프링필드] 커플 이벤트가 신규 업데이트됩니다.

*[오월의 신부/신랑] 테마 의상이 패션샵에 업데이트됩니다.

…아.

그러고 보니 그런 게 있었지.

* 이벤트 기간 내 커플이 필드에서 함께 사냥을 할 시
버프가 적용됩니다.

* [오월의 신부/신랑] 테마 의상이
패션샵에 업데이트되었습니다.
이벤트 기간 내 속도 증가 옵션이 추가됩니다.

* 이시스 왕궁 복도에 아이템이 일정 확률로 드랍되는
인스턴스 던전이 열렸습니다.

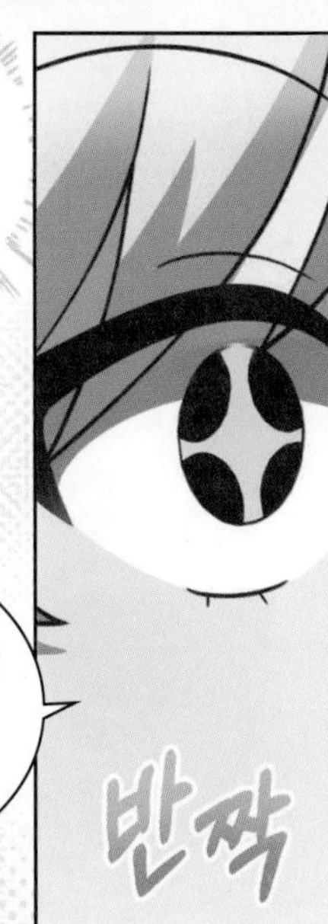

그게 뭔데요.
무려 장비 9강 강화 확률을 30%나 높여주는 아이템이라고여!
저 그거 갖고 싶어요.
가지셈.
갖고 싶다고 가질 수 있는 게 아니거든여.
그럼 어쩌라고요.
이벤트 던전은 커플만 들어갈 수 있는데,
제 커플인 그쪽이 지금 조밥이잖아요— —
혼자 가든가.
혼자는 못 감ㅠ
그럼 저랑 커플 깨고 레벨 220 넘는 분이랑 다시 커플 맺으시면 되잖아요?
여기 바퀴 님도 220 넘잖아요.

네?!
저요?!
휴; 세이프…
Lv.235
힐러
Lv.180
울피스트

절대
싫은데요…
지구별이랑
커플이라니….
ㅇㅈ.
상처 주네.

아, 그리고
바퀴 아니고
박휘임;;;;
선 넘네
ㅈㅅ……
꾸벅

근데 왜
다른 분들까지
도와주시는 거죠?
지구별 님만 있어도
되는데….
ㅋㅋ 나랑
둘만 있고
싶음?
시간과 때를
가리자, 자기야~

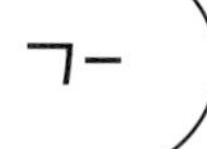
ㄱ-

ㅋㅋㅋㅋㅋㅋㅋ
시간과 장소겠지.

알아들었으면
된 거 아님?

암튼 전 개미굴에
퀘스트 있어서 ㄱㅊ.
저는 분 단위로
돈 받아낼 거라
ㄱㅊ.
그랬군요….
힐러 시급
HP 포션보다
싸다~
ㅅㅂ

저도 그 아이템이
나올 때까지
님이랑 계속
맵을 돌아야 하는 건가요?
POLICE LINE DO NOT CROSS
흠칫

…그런데
잠깐만요.
제가 이벤트 맵
출입 가능한 레벨이
되면…

ㅇㅇ….
ㅈㄴ 귀찮을 것
같은데요?
제가 왜 그래야 하죠?

쳇…
이래서
눈치 빠른
애들은 싫어….
이 새끼가?

같이 던전 돌아주면
저한테는
뭐 해주실 건데요?
옥신
ㅋㅋ 버스 태워주는
걸로는 모자라나
보네.
뭐 그럼
제 전화번호라도
달라고요?
스토커답네
각신
?
줘도 안 가짐.
맛집이네
맛집
이 재밌는 걸
우리만 보는 게
아깝구만

그럼
원하는 게 뭔데요.
돈?
누굴 거지로 아나;
필요 없어요.

참나 나도 줄 생각
없었거든요! ><
ㅗ
아, 그럼
원하는 게 뭔데요.
ㅡㅡ

………

쏴아아

있어요,
원하는 거.

이번 이벤트가
끝나면…

'할로윈가지' 님께서
파티에 참여하셨습니다.

슉

슉

'완두완다' 님께서
파티에 참여하셨습니다.

이벤트가
끝나면,
저랑
헤어져주세요.
빠

ㅋㅋㅋㅋㅋ
ㅋㅋㅋㅋㅋ
ㅋㅋㅋㅋㅋ
ㅋㅋㅋㅋㅋ
ㅋㅋㅋㅋㅋ
ㅋㅋㅋㅋㅋ
ㅋㅋㅋㅋㅋ
ㅋㅋㅋㅋㅋ
ㅋㅋㅋㅋㅋ
ㅋㅋㅋㅋㅋ
ㅋㅋㅋㅋㅋ
ㅋㅋㅋㅋㅋ
일루전 tip!
교제를 거절해도 10분간
고백 이벤트 버프가 활성화됩니다.
최소 공격력 10% 상승

6화
ILLUSION...

응?
이 사람들은
언제 온 거지?
아ㅋㅋㅋㅋ
들어오자마자 파국ㅋㅋㅋ
개웃기네ㅋㅋㅋㅋㅋㅋ
머야, 갑자기
우르르 몰려오고;;
구경났음?!
두 분이
저희도 지금 파티에 있는 걸
까먹은 것 같아서
다른 길드원들도
불러봤어요!
맞아…
외로웠어용….

ㅋㅋㅋ
이거 그거죠,
계약 연애물?
드라마 제목이
뭔가요?
ㅋㅋㅋㅋ
ㅋㅋㅋ

무슨 죄다…
나만 손해잖아?

내가 그쪽 레벨도
키워주고,
전직도
시켜주는데!!
헤어져주기까지
해야 함?!

이거 순
사기꾼 아냐?!

…저기요.

님 저 좋아하세요?

삐질…

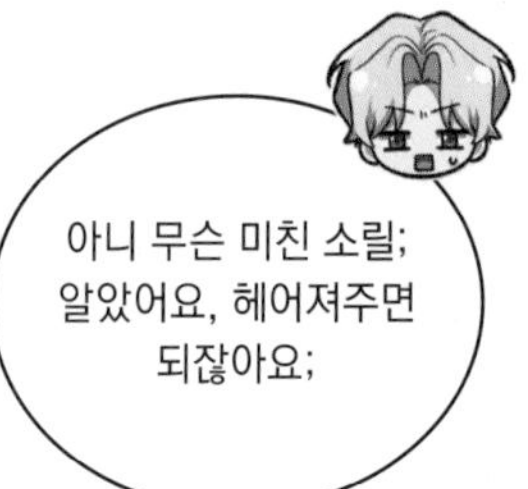

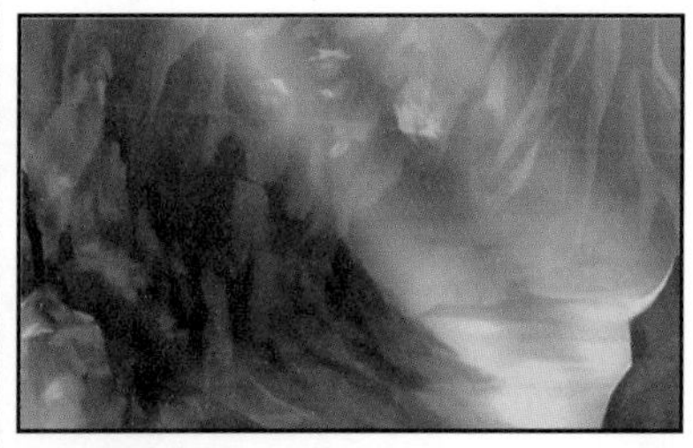

Lv.180
울피스트(탐험가)
퍼어엉-!
휘로롱~
Lv.235
힐러(프리스트)

Lv.250, 만렙
나이트 스피어(기사)
바퀴야!!!
바퀴!!!!!
나 살려조!!!
나 딸피임!!!
촤

Lv.150
촤악
워리어(전사)

앞에서
나대지 말고
걍 뒤에 있어요;
몇 번째야;
나이트 스피어한테
뒤로 빠지라는 사람이
다 있네ㅋ
…혹시
나이트 스피어는
방어력이 낮나요?
아뇨,
원래 준탱커라
방어력은 높아요.

근데 지구별 님은
좀 예외임.

저 인간은
방어력 버리고
이속에 올인해서…
느.려.
돌연변이
같은 존재랄까?
ㅋㅋㅋㅋ
아, 그래서
저렇게
이속이 빨랐구나;;

키에엑-!!
콰

슈ㅡ 웅ㅡ

퍼억
꽥
아무리 그래도
그렇지.

BOSS. 여왕개미
Lv.200
샤아악
만렙이나
되는 놈이
한 대 맞았다고
넉백 되는 건 좀
심했다.

이익!
바퀴야,
나 공버프 좀!
케엑—
저기요.
왜요?!
방해돼요.
그러니까
가만히 좀
있어요.
?!

님 때문에
냥냥이 님이 쓰던
스킬도 씹히잖아요.
냥냥이라니….

!?
뭐 근데
방해되긴 해요.
저 인간 때문에
힐도 제때 못 받고
윽!
봤죠?
뒤로 빠지세요.

쪼렙한테
이런 소릴
다 듣고ㅜㅜ
가문의
수치다ㅠㅠㅠ
터덜…
내가 뒤로
빠지랬자나

키에엑~

후우~
겨우 잡았네.
템은 다
뉴 님 드셔도
돼요~
저흰 개미굴에서
더 얻을 템
없어서 ㄱㅊ.

우와!
감사합니다!
그나저나 뉴 님
렙업 진짜
빠르시네요.
비약 드셨어요?
아, 네!
경험치 증가랑
퀘스트 보상 더 받는
물약이요ㅋㅋ
아, 어쩐지 빨리
오르더라니ㅋㅋ

오늘 안에
160렙까지
만들 수 있으려나?
속도 보니
파티 사냥이
도움이 되긴
되나 보다.
주섬...
응?

이건 뭐지?
처음 보는 건데.

[무지개빛 튤립 요람]
아이템을 획득하셨습니다.

파아앗

이벤트 아이템인가?

무지개빛 튤립 요람 (30일)

이벤트 아이템
탈것 장비

탈것 장비 칸에 장착하면
탈것에 탄 상태로 날아다닐 수 있다.
이속 0.3% 증가

'탈것'이라고?

에이, 펫도 아니고
꽃 타고 다녀서
뭐 해.

그냥 예뻐서…

[귓속말]짱쎈: 7 ㅅㅅ

[귓속말]멋진: 1억 6천에 거래ㄱ?

[귓속말] jqealqw11: 와 개부럽;

[귓속말] jqealqw11: 님아 그거 어디서 떴어요?

[귓속말]

[귓속말]우리아빠: 파실 생각. 있으면 귓 주세요. 가격 맞춰드림.@@

[귓속말]jqealqw11: 5시간째 삽질 중인데 구경도 못 해봄;

거래 받아주세요.

아까부터 모르는 사람들이 귓말로 난리구나…;;;

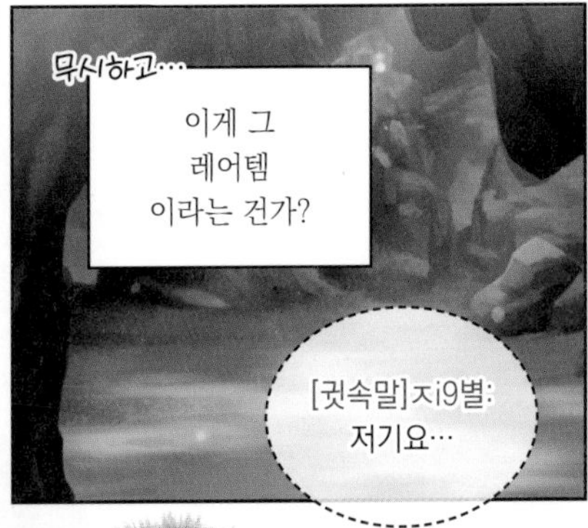

...
지구별 님,
뭐라고요?
귓속말이
너무 작아서
안 들려요~!

....
움찔
지구별 설마ㅋㅋㅋ
귓말 보냄?? ㅋㅋㅋㅋㅋ
아ㅋㅋㅋㅋㅋㅋㅋ
어쩐지 말이 없더라니
ㅋㅋㅋㅋㅋㅋㅋ
ㅅㅂ!!
길드에 중계하지 마,
제발;;;;
ㅎㅎ

인스턴스 던전이 초기화되었습니다.
'땅굴 맵'으로 돌아갑니다.
Tip. 개미굴 던전의 여왕개미는 세 번 변신한다.

으, 개미굴
진짜 싫다.
……
민망하니까
말 돌리는 거 봐
ㅋㅋ
ㄷㅊ.

'neutaaaa' 님께서
거래를 요청하셨습니다.
?

이거 뭐예요?
ㅎㅎ
수락하세요.

짠~
헐…
빛 뉴타 님…
교환하기
나가기
neutaaaa
지9별
헐, 머임?
뉴 님 진짜로
지구별한테 팔게요?

가격 두 배
받으세요;;

G : 1,200,000,000

10억 주겠다더니
2억 더 얹어줬네.

저 수락 눌렀어요!

GAEBONG

COMPANY

씨익

…흐음.

샤샥

클릭

클릭!

지구별아….

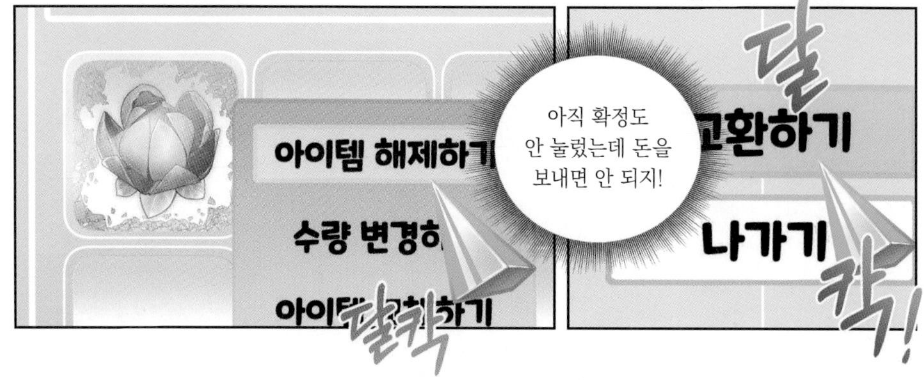

거래가 완료되었습니다.

일루전 tip!
거래할 때는 확실히 확인하고
거래 수락 버튼을 눌러요!

7화
ILLUSION...

5.0
Yogurt
Smoot

일루전 tip!
거래할 때는 확실히 확인하고
거래 수락 버튼을 눌러요!

'지9별' 님께서
일대일 결투(PVP)를
신청하셨습니다.
수락하시겠습니까?

진심
제발 한번만
연락처 좀
줘보실래요…? ♥

와ㅋㅋㅋㅋㅋㅋ
ㅋㅋㅋㅋㅋㅋㅋ
ㅋㅋㅋㅋㅋㅋㅋㅋ

할짜악…

저는 님
별론데여.

싫어요♥

거절하셨습니다.

일루전 tip!
플레이어 킬이 가능한 건
길드존과 PVP존뿐입니다.

이런 날이
다 오네요….

ㅋㅋㅋㅋ
ㅋㅋ
ㅎㅎ
가만히 앉아서
재벌 되기 개꿀~
흣
야,
너 어디 살아!
ㅆㄲ야1!
왁아
아악
피식
왈왈멍멍
!*#$#@$@$

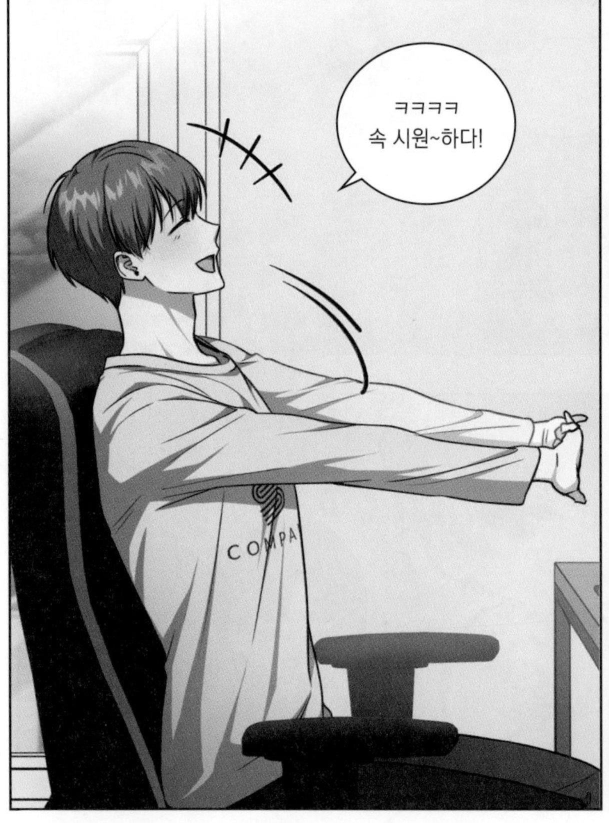
ㅋㅋㅋㅋ
속 시원~하다!
COMPA

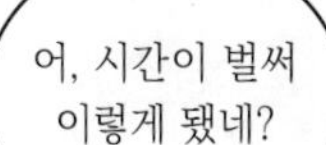
어, 시간이 벌써
이렇게 됐네?

면접 준비도
해야 하고
슬슬 끌까.

'neutaaaa' 님께서
거래를 요청하셨습니다.

뭐야,
누구 놀리나— —
내가 두 번
속을 줄 알고? ㅗ
거절하셨습니다.
탕
이번에는 진짜니까
그냥 받아요ㅎㅎ

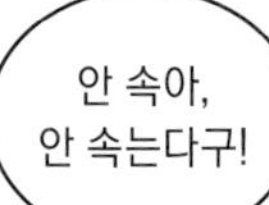
안 속아,
안 속는다구!

속고만
살았나….

……

…진짜로
튤립 주려고요?
ㅋㅋㅋ 그러다
또 뜯기지.
학습 능력이 없네
ㅋㅋㅋ
슬쩍…
— —
초 치지 마셈.

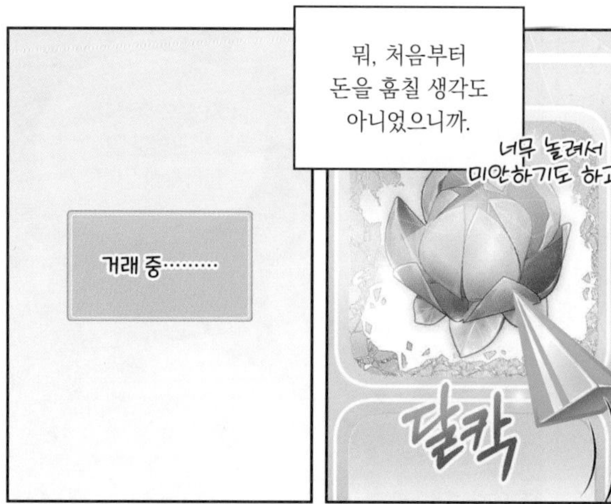

'지9별' 님께서
거래를 취소하셨습니다.

고마워서요.

싫어하는
맵이라면서,
저 도와주신다고
20판이나 같이
돌아주셨잖아요.
귀찮고
하기 싫었을 텐데.

비록 도움은
그닥
안 됐지만….
빠직
촌철살인…
ㄷㄷ

그래서 그냥
감사의 표시로
원래 드리려고
했어요.

자선사업가도 아니고
도움도 안 됐는데
돈은 왜 돌려줘요?

ㅎㅎ
아무튼;

얼른 받으세요.
싱긋
'neutaaaa' 님께서
거래를 요청하셨습니다.

어…

뉴타 님,
지구별 돈 많으니까
그냥 받으셔도
괜찮아요.

어허! 이게 어디
3차 전직도 안 한 게
버릇없게 돈을 돌려줘!
버럭
유난은….

사기당했을 땐
엄청 화내더니
또 그냥 받기는
미안한가 보네
ㅋㅋㅋㅋㅋㅋ

크흠;

됐다니까!
뉴비 삥 뜯느니
안 받고 말지;;
'지9별' 님께서
거래를 취소하셨습니다.
넘아, 돈은
받으시라니까
하여튼,
호의에 익숙하지
못하다니까.

면접 준비도
해야 해서
이제 그만
자야 하는데….
마을로 돌아가시겠습니까?
네
아니요
어쩔 수 없지.

저 진짜
일찍 자야 해서
먼저 갈게요.
오늘
즐거웠어요~
뭐,

잠깐…!
ㅂㅂ!
슉

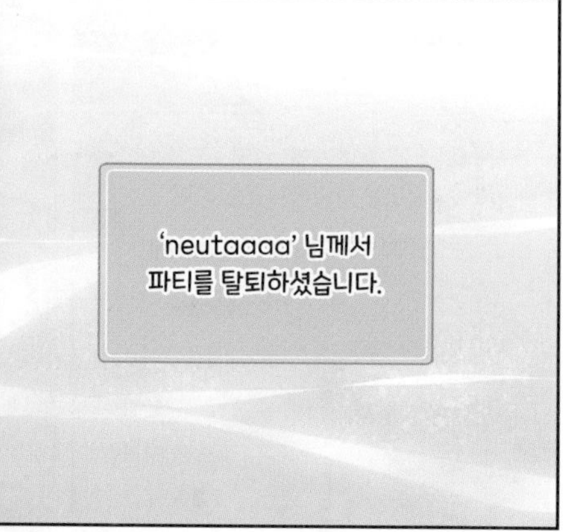
'neutaaaa' 님께서
파티를 탈퇴하셨습니다.

멍…

마을로 진입 중……

안 받는다면
어쩔 수 없지.
이 우편은
아이템이 첨부되어 있습니다.
'지9별' 님께
우편을 발송하시겠습니까?
우편 보내기
받는사람 지9별
내 용 드릴 때 받으세요~^^
무지개빛 튤립 오랑 (30일)
1,200,000,000
확인
소매넣기
하는 수밖에!
우편이
발송되었습니다.
잠깐만,
님!!!!!!
크악
이거
뭐예요?!
아오,
빨리도 알았네.

지금 나를,
거지로
아는 거야?!
게임을 종료하시겠습니까?
네
아니요
무시하자.
끄으응~

면접 준비하고
자자.

정세형
이여운 면접 어케됨?
띠롱!

할 말 개많음.
ㅎ… 술 먹자…
밤에 전화해…
엉!

망했다
툭…
하아아………

왜인지 오늘따라
말도 잘 못한 것 같고…
면접 끝나니까
옆에 앉은 면접자가
인사 팀장을
삼촌이라고 부르더라.

삼촌~
저녁 같이
먹어요.

내정자가
있으면!
팍
사람을 왜 이렇게
불러 모았냐고!

…안 되겠다.

구직 사이트 면접 후기에
날것 그대로 작성해주마.

쿠쿠쿠

in 노트북

쿠쿠쿠…

Cafe Menu
Hot ICED
Espresso 3.5
Americano 2.5
Cappuccino 4.5
Hazelnut 4.5
Cafe Latte 4.5 5.0
Tea &
Green Tea
뭘 먹어야
이 개빡침이
좀 가라앉나….

Kiwi,
주문하시겠어요?
지구

아…

윤지구

Choco
2.5 3.0
Green T
4.5
Black Te
4.5
Strawbe
4.5 5.0
Ice Tea
5.0 5.5
Ade Ora
5.0
Yogurt
Smooth

그때 그
동네 주민…

여기
알바생이었어?

8화
ILLUSION...

주문하시겠어요?
Cafe Earth
지구 카페

아메리카노
하나랑,
치즈케이크…
주세요.

날 기억
못 하나…?
Cafe Mocha
Extra Shot 1.0
Smoothie 5.5
(Mango, Kiwi, Strawberry)

드시고
가세요?
……
끄덕

저기…
지난번에 저 앞에서
고양이 밥
주고 계셨죠?

…저
아세요?
째릿

그때 길 물어보려고
살짝 쳤는데
엄청 놀라셨잖아요?

아, 그건
아닌데….
여전히
째려보네….
그럼 왜 아는 척
하시는데요.
그때
감사 인사도
제대로 못 했는데
이참에….

기억…
안 나세요?
……

기억력이
안 좋나….
오빠,
여기 카페라테랑
케이크 세트
나왔어요.
주문하신…
삘쭘…

형, 치즈케이크
디피해준 거
다 떨어져서 안에서
썰어와야
하겠는데요?
영수증이
나왔습니다.

영수증
상 호 : 카페이스
사업자번호 : 000-00-00000
02-000-0000
단가 수량
아메리카노 2500 1
치즈케이크 4500 1
지지직...
...
...

......
......?
......???

화아악

헉!
ㅋㅋㅋㅋㅋㅋㅋ
ㅋㅋㅋㅋㅋㅋㅋ
ㅋㅋㅋㅋㅋㅋㅋ

파들
파들
웃으면 안 돼.
웃으면 안 돼.
웃으면 안 돼.

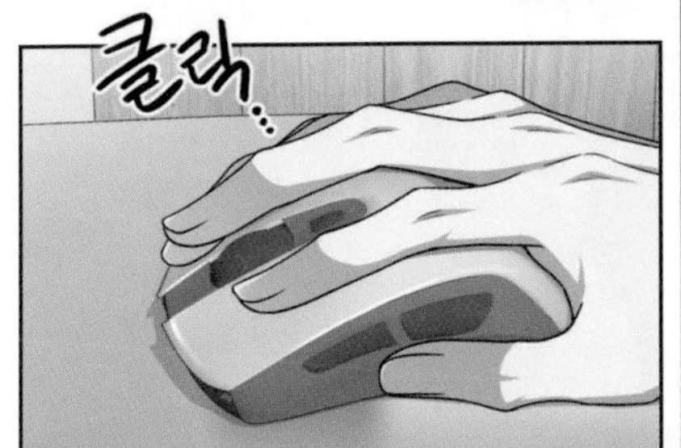

좋아, 아주
만족스러워.

자기소개서
쓸 때보다
더 열심히 쓴 듯?

회사가 추구하는
이미지와는 반대로…

투명한 인사 절차…

내정자의
존재가…

면접의 공평성이…

타다다닥

타다다닥

띠롱
이따 9시쯤에 너희 집에 감.
탁

ㅇㅇ
빈손으로 가두 댐?
ㅗ

얘 오면 어차피
내일 아침쯤엔
집 더러워지겠지?
청소는 안 해도
되겠고…
한 시간쯤 뒤에
일어나면 되겠네.

뭘 하면서
시간을 때우나….
놉

…!
맛있다!
파아앗

Find
카페 어스
이 가게
다른 케이크들도
맛있으려나?
토도독

ewki****
리뷰 24개 사진 10개
★★★★★ 1일 전

생긴 지 얼마 안 돼서 화장실 진짜 깨끗해요!
커피도 이 근처 커피 치곤 나쁘지 않음.
중요한 건… 알바생이 잘생겼어요.
덕분에 집값 오를 것 같음.

vklflz***
리뷰 17개 사진 25개
★★★★★ 1일 전

아메리카노가 싸요~
케이크랑 커피랑 정말 잘 어울리고
남알바가 맛있어요.

ewkj****
리뷰 5개 사진 3개
★★★★★ 3일 전

가끔 고양이가 놀러 오네요.
그리고 직원분이 잘생겼어요ㅋㅋㅋㅋㅋㅋ

kkkjja***
리뷰 183개 사진 345개
★★★★★ 4일 전

동네라서 지나가다가 와봤는데
뭔 기획사 연습실인 줄…
반신반의했는데 이렇게 믿음이 가는
후기들은 처음이네요… 감사합니다:)

이 카페 후기에
적힌 알바생이라면…

역시
저 사람이겠지?

쨰
릿!

음…

흥칫
응, 잘생기긴 했네.
자꾸 야려서(?) 그렇지.
이젠 그러려니~

'dudns***' 님의 후기 ★★★★★
두 번째 방문인데 케이크가 맛있습니다!!
근처 올 때 가끔 들를 것 같아요.
토도독
등록!

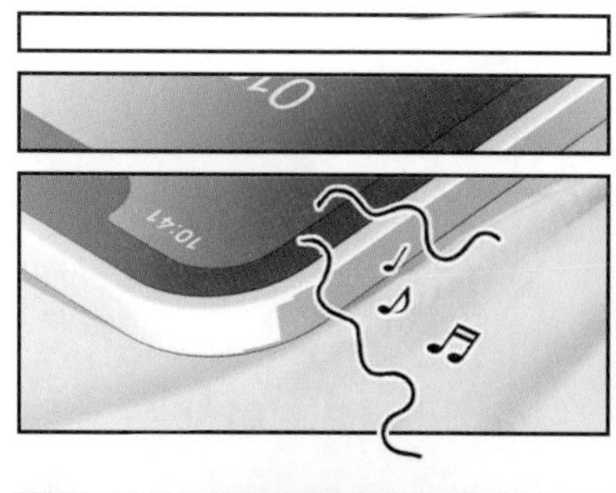

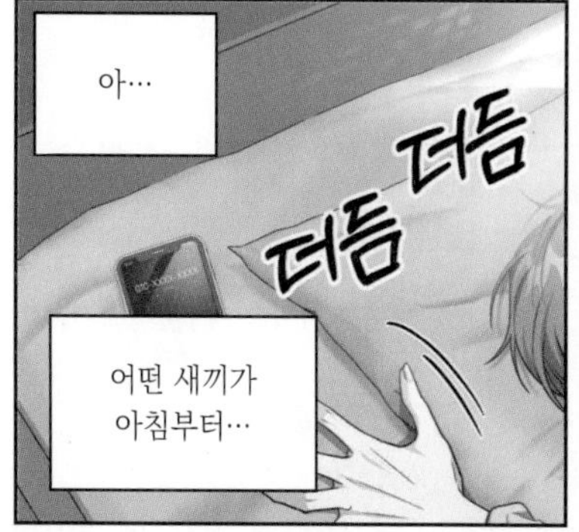
아…
더듬
더듬
어떤 새끼가
아침부터…

여보세요!
크르릉
중요한 용건
아니면 죽는다!!!!!

………
네.

스르륵

꾸욱
…네네….
네, 알겠습니다.
감사합니다.
아이씨…
시끄러워….

010-XXXX-XXXX
툭

세형아,
일어나봐.
흔들
우으응….
흔들

부스스
왜애….
내 뺨 좀
때려봐.

응.
짜악~!

이 자식이
때리란다고
진짜 때리네.
빠
ㅅㅂ?!
악

털썩
아이고,
내 대갈!
바둥
바둥

뭐지?
꿈 아닌데?

찌잉

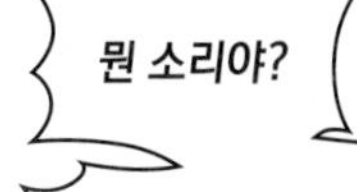

어제까지만 해도
내정자 있었다고
술 빨면서 욕했잖아?!

그럼 너 이제
이사 가?
거기 붙으면
회사 근처로
이사 간다며.
일단 매물 좀
알아보고,
급한 건 아니니까.
사기당하지 말고
여러 군데
돌아봐라.

응,
그래야…
앗!!
벌떡
뭐야,
왜 그래.

…어제
출석 체크
까먹었다.
삐질
삐질
삐질
뭔 출첵?

우당탕
아,
너 때문이잖아!
클릭
클릭
뭐야…
게임 하루 안 하면
뭐가 덧나냐.
이건
하루만 안 해도
못 받아!

으,
게임 중독.
됐고
난 좀 더 잔다,
이따 밥 먹을 때
깨워.
어어.

막주차라 좋은 거
뿌렸을 텐데!

로그인합니다……

오늘 건 무조건
받아야 돼!

팔락...
팔락
팔락
...
우편 160개가
도착했습니다.
두
둥

우편.
팔락...
스윽
160개.

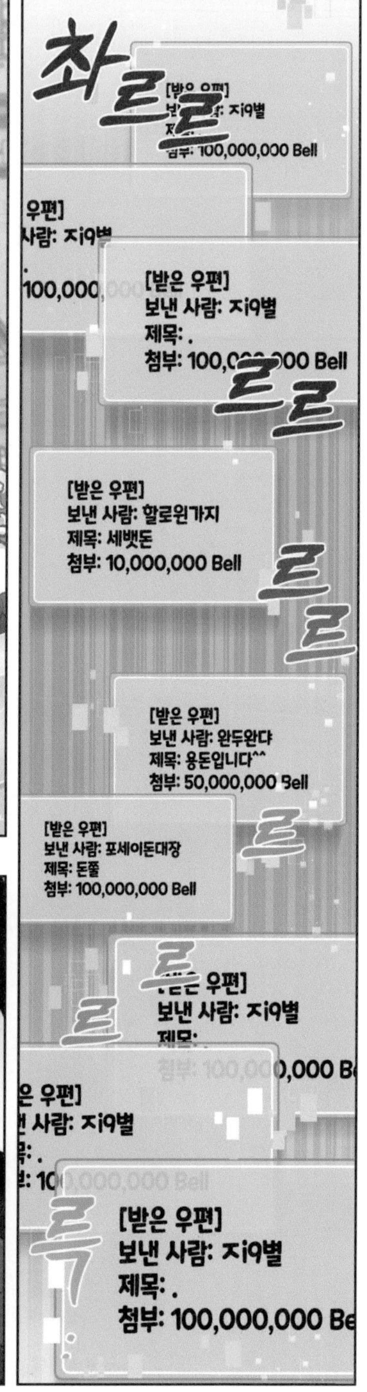
촤르르
첨부: 100,000,000 Bell
[받은 우편]
보낸 사람: 지9별
제목: .
첨부: 100,000,000 Bell
르르
[받은 우편]
보낸 사람: 할로윈가지
제목: 세뱃돈
첨부: 10,000,000 Bell
르르
[받은 우편]
보낸 사람: 완두완다
제목: 용돈입니다^^
첨부: 50,000,000 Bell
[받은 우편]
보낸 사람: 포세이돈대장
제목: 돈쭐
첨부: 100,000,000 Bell
르
르
르
보낸 사람: 지9별
[받은 우편]
보낸 사람: 지9별
제목: .
첨부: 100,000,000 Be
륵

지구별…
이……
미친놈아…
벼락부자 업적이
해제되었습니다!

9화
ILLUSION...

크악
ㅈi9별
이 자식 설마…
잠깐만,
님!!!!!!
이거
뭐예요?!
아오,
빨리도 알았네.
내가 그저께 12억을
돌려주고 튀었다고…

역 소매넣기를…?
[벼락부자] neutaaaa
콰
콰
현재 소지금:
50,970,000,000 벨

휘리릭

뭐 하는 새끼길래
100억이 훌쩍 넘는 돈을
맡길 생각을 하지?
내가 그냥 들고
튀면 어쩌려고?!
아니
맡긴 게 아니고
그냥 준 거라고…

대체…

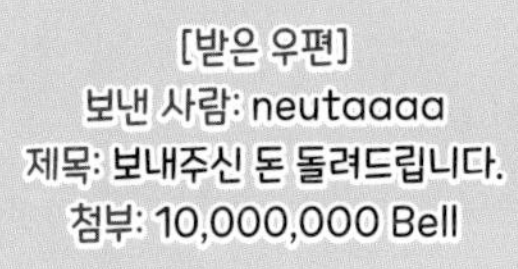
[받은 우편]
보낸 사람: neutaaaa
제목: 보내주신 돈 돌려드립니다.
첨부: 10,000,000 Bell

아…?
나도 의무교육
받았는데
졸지에 알파벳
못 읽는 사람 됐네
ㅜ
ㅋㅋㅋ
뉴타 님이 아니라
뉴비라고 부르신
거예요!
아,
그렇구나….
괜히-머쓱…

근데
저 뉴비 아니고
하던 겜이 망겜 돼서
접고 옮긴 거예요.
저도 거기선
만렙
요리사였거든요?
팔라딘 서버에서
제일 큰 주점
부주방장이었어요.
아~ ㅋㅋㅋㅋ
혹시…

리틀포레스트 2~?
…?!??!

뭐, 뭐야
어떻게 알았지?

헐, 어떻게
아셨어요?
타다닥
타닥
혹시
저 아세요?!

알긴 뭘
알아요ㅋㅋㅋ
리틀포레 난민들
다 일루전 왔자나요
ㅋㅋㅋ 유—명.
긁적
아…
그랬구나….

그리고
리틀포레 하다 온 애들이
다 뉴타 님이랑
같은 망토 걸치고
있더라고요.
진작 알아봤죠.
정보: 리틀포레에서 망토는
부의 상징인 아이템이다.

하여튼, 저 곧
160레벨이거든요?
뉴비는 아니죠!
아 넵ㅋㅋㅋㅋㅋㅋㅋ
ㅋㅋㅋㅋㅋㅋㅋㅋㅋ
? ㅋㅋㅋㅋㅋㅋ
ㅋㅋㅋㅋㅋㅋㅋㅋㅋㅋㅋ
ㅋ
레벨이
아담하시네요.
ㅎㅎ

?
그래도 160이면
그렇게 낮은 레벨은
아니지 않나…?

근데… 뉴비가
사람 호의를 막
이렇게 무시하네?!
주려는
고인물
VS
그냥 마음만
받을게요ㅎ
감사합니다.
안 받으려는
뉴비(?)

마을만 둘러봐도
나보다 레벨 낮은
사람들은 아주 많다.

그 사람들을
모두 키워줄 것도
아니면서,

제 마음은…
주로 금전적인
형태로 나타나죠.
받아둬, 받아둬

새로운 우편이
도착했습니다.
우편함을 확인해주세요.
슉

새로운 우편이
도착했습니다.
우편함을 확인해주세요.
슉

저희 마음도…
받아주시죠…★
아니…

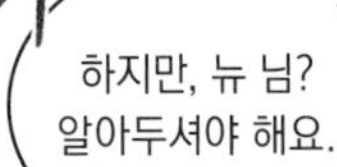

그렇다….

일루전에서는
무기가 파괴되는
시스템이 있는 것이었다!

일루전에서는
무기를 강화하다가
무기가 파괴될 수도 있다는
사실을 까먹고 있었다가

돌려내…

처음 일루전에서
장비를 터뜨렸을 때
얼마나 기분이
더러웠는지….

우리가 같이하는 친구니까 접지 말라고 도와주는 거예요!

원래 뉴비들은 다 이런 거 받고 그러는 것임! ㅎㅎ

따지자면 냥 님도 저희가 다 키운 거나 다름없죠.ㅋㅋ

아, 그런데 어제 냥 님이 우편함 꽉 차서 돈 못 보내셨다던데…

그거 혹시 지구별 님 짓이에요?

아, 맞다ㅋㅋㅋ
지구별은
얼마 보냈음?
슥
그러고 보니
돈 보내기
직전이었지?

....
500이요.........
흐...

멈칫
500만?
돈 많다더니 겨우?
ㅋㅋㅋㅋㅋ
그래도
자중했네
올ㅋㅋ

찌직
아뇨ㅠ
500'억'이요….

억?!
미1치신 거???
??????
역시 이분들한테도
500억이면
큰돈이구나….
다른 분들 호의는
받는다 쳐도,
500억이나
꿀꺽할 수는
없는 일이지….

1. 돈을 첨부해
우편을 보낸다.

2. 부캐로 로그인한다.
슉
3. 본캐인 'neutaaaa'
쪽으로 우편을 보내
우편함을 꽉 채운다.
이렇게 되면…
상대방의 우편함이 꽉 찼습니다.
우편 보내기에 실패하셨습니다.

지구별도 더 이상
우편을 보낼 수 없겠지.

장세형 일어나~
밥 먹자~
아…
5분만 더…

슉

[귓속말]산신령:
나무꾼 님 계시오?
응?
누구지?

저번 주 거래글 보고 귓하는 건데,
아직도 부활 징표 파시오?
부활의 징표
일반 소비 아이템
사망한 위치에서 즉시 부활
이시스 섭 부활의 징
상세 사항은 귓
지구별 때문에 쟁여놓은 거 올려놨었지?
아~

[귓속말]neutaaaa
네, 아직 팔아요.
내가 다
사겠소 ^^
몇 채널
어디시오?
3채널 이시스에서
만나요!
말투 한번
특이한 사람이네.
Tip 거래를 할 때는 확실히 확인하고
거래 수락 버튼을 눌러요!
20%

금방 오셨구려.
뚱

뚱실~
와….
남은
부활 징표는
몇 개요?
뚱실~
개당 400/50개
총 2억이요.

근네 말투가
특이하시네요
ㅋㅋ
산신령
컨셉이라?
그렇소.
ㅋㅋㅋㅋㅋㅋ
ㅋㅋㅋㅋㅋ
ㅋㅋㅋㅋㅋㅋ

거래 중입니다……
B 200,000,000
2억 벨…
확인했고.
클릭
확인 완료.
뿅
2,00
…어?!

거래가 완료되었습니다.
훌훌훌
20억…?!?!?
휙
???
휙휙

…저기요,
돈을
더 주셨어요.

내가
얼마를 더
드렸소?
갸웃
2억
주기로 했는데
20억 주셨어요.
돌려드릴게요,
잠시만요.

'neutaaaa' 님께서
거래를 요청하셨습니다.
'산신령' 님께서
거래 요청을
거절하셨습니다.
엥???

정직한
나무꾼이로구나
^^
거스름돈은
모두 가지시오~

씨익…

훠이~
네?!

??

뿅

저기요!

—로그아웃—

산신령니임—?!

뿌웃

돌려줬다가,
왜인지 다시
배로 돌려받고,
그걸 다시 돌려주면서
마무리하려고 했더니…
결국엔……
허…
현재 소지금:
2,970,000,000벨!
이런 짓을
할 사람…
한 놈뿐이지!

10화
ILLUSION...

룰루♡
~♪
스윽…

님.

ㅁ, 뭐요!
저 아니거든요?!
사사삭
…저 아직 아무 말도 안 했는데.

사……
아놔ㅋㅋ 괜히 찔려서 자백했네ㅋㅋ
ㅋㅋㅋㅋㅋㅋㅋ ㅋㅋㅋㅋㅋㅋ

뉴 님,
근데 어젠 왜
안 들어오셨어요?

쏴아아아..

어제 들어왔으면
적어도 오늘
3차 전직퀘까지
받기는 했을 텐데!

빙글
빙글
빙글

정신 사나워….

neutaaaa 렙업 쩔 팟
포세이돈 길드원 기다리는 중

철썩

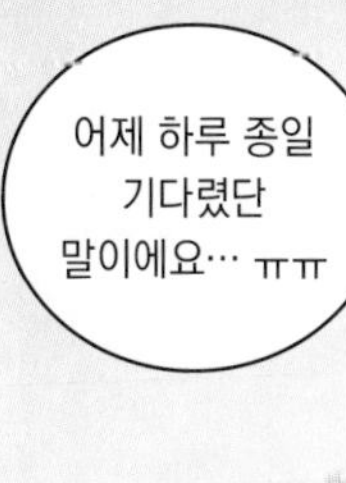
어제 하루 종일
기다렸단
말이에요… ㅠㅠ

? ㅈㅅㅈㅅ…
얘 왜 이래?

………
뉴 님.
혹시 **'홀블루'**
아세요?

네, 알아요.
게임
메신저잖아요.

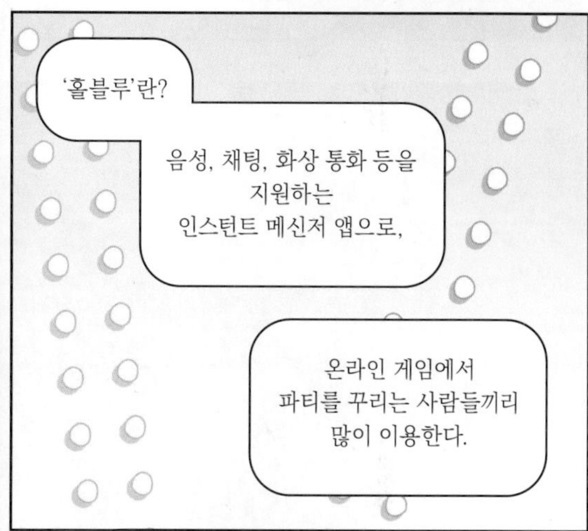
'홀블루'란?
음성, 채팅, 화상 통화 등을
지원하는
인스턴트 메신저 앱으로,
온라인 게임에서
파티를 꾸리는 사람들끼리
많이 이용한다.

그거
깔아보실래요?

?
왜요?

접속 시간
맞추려구요!
서로
'몇 시에 들어갈 거다'
이런 거 말하는 용도?
엉…
제가 그쪽이랑
톡까지 해야 해요?
귀찮은데…
쩌적

그럼, 저 맨날
기다리게
할 거예요?!
벌떡
어차피
컴퓨터만 끄면
끝인 인연인데,
뭐 하러
다른 수단을 써서
연락 방법을
늘려….

그나저나 얘는 얼마 전까진
못 잡아먹어서 안달이더니,
갑자기 왜 이래?
치근덕
치근덕
귀찮은데요….
아, 함
깔아보라니깐!
슥

이욜 거기 커플
그림 좋은데~
아, 오셨어요!
냥이냥나냥
대신 도와주기로 한
포세이돈대장
저는
시험 기간이라…
고딩

철썩…
…뉴 님.
그동안 제가
오해한 것 같아요.
쏴아아…
…갑자기 또
왜 이래?
전 뉴 님이
길드 들어와서
분탕 치던 놈들인 줄
알았거든요.
근데 가만 보니까
그런 사람인 것
같진 않고…
그냥 **조빱**이신 듯….
?
머야 시브

아, 암튼 좀 미안한 것 같아요….
훗
조빱…
앞의 말이 좀 신경 쓰이지만…
그래도 지구별이 사과하는 날이 오다니….

그런 큰돈을
아무렇지도 않게
쓰시길래,
현금으로 좀
사시는 건가
해서요.
~FLEX 당해버린 지난날~
ㅋㅋㅋㅋㅋㅋㅋ
ㅋㅋㅋㅋㅋ

지구 님
돈은 많을걸요?
이상한 데 써서
그렇지.
오…
혹시 돈 많은
백수?
ㅋㅋ
? ㅋㅋ
저 14년째
한 직업에 종사
중인데요?

…헉, 14년….
생각보단
나이가 있나 보네.
고등학교 졸업하고
바로 일 시작했다 쳐도
나보단 연상….
뭐래, 파릇한
대학교 2학년이
ㅋㅋㅋㅋㅋ
뭐야?!

지구별 님…
서보다
어리시네요?
왜 그런
거짓말을…
……
ㅋㅋㅋㅋㅋㅋㅋ
ㅋㅋㅋㅋ
14년.

아 그걸
말하면
어떡해!!!
빼애액-
에휴,
관종….

그래도
뭔가 부럽다.
그러게 누가
뻥치래ㅋㅋ
ㅋㅋㅋ
죽일끼다~
다 같이
친해 보여서.

휙

[귓속말]ㅈi9별:
님, 님.
그래서
홀블루
깔았어요?
나 곧
저녁 먹으러
갈 건데,
먹고 나서
언제 올지
안 궁금해요?

안 궁금한데….
심드렁~
저
뭐 하고 사는지는
궁금하면서!!
뭐 먹는지는
안 궁금해요?!

[파티]neutaaaa:
지구별 님
귓속말이 작아서
잘 안 들려요.
타다닥
님 진짜
짜증 나여.

둘이 머 함…
연애하나.
흠….

님.
톡톡
샐쭉
…뭐요.

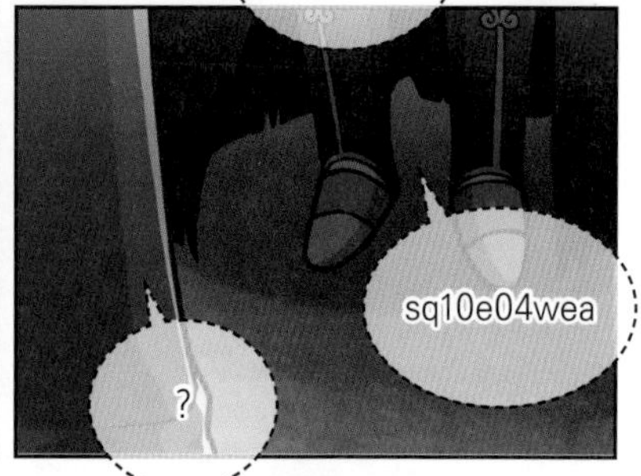
sq10e04wea
?

…아!

퐁!
[지구]
님께서 친구 신청을 하셨습니다.
수락하시겠습니까?
좋아요
싫어요
빠르네….
뭐, 이 정도는
괜찮겠지….
수락

던전
「사자왕의 분노」

저 저녁
먹고 올게요!
전 아빠
심부름….
그럼
저도 나가서
커피 좀
사 올게요.

다들
30분 있다 봐요~
음… 그동안
던전 공략 글이나
훑어볼까.

홀블루
지구 : 사진을 보냈습니다.
언론사편집
퐁!
응?

지구
ㅋ

친구 외에 이런 식으로
연락해본 건 처음이라,

뭔가 신기한
기분이네….

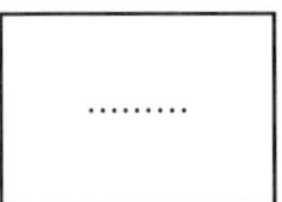

길드라…

포세이돈 길드가
이것저것
도와주고 있긴 하지만,

길드원도 아닌데
계속 도움받는 것도
미안하기도 하고….

파앗

〈딸기잼〉 길드
'따알기' 님이
길드에 초대하셨습니다.

수락하시겠습니까?

수락 / 거절

씨익
…누구???

11화
ILLUSION...

…누구???

아,
잠수 아니네ㅋ
지나가다 봤는데
님 머리 위에
길드 표시가
없길래요.
아….
저희 길드
한 자리
비거든요ㅋ

렙 10부터
가입할 수 있는데
들어오실래요?
……

길드라…

있으면
좋을 것 같긴 해.
〈딸기잼〉 길드
'따알기' 님이
길드에 초대하셨습니다.
수락하시겠습니까?
수락 / 거절
……

〈딸기잼〉 길드
'따알기' 님이
길드에 초대하셨습
수락하시겠습니

수락 / 거절

클릭

스이익

길드 채팅을
사용하실 수 있으며,

길드 탈퇴 시
일주일간 타 길드에
가입할 수 없습니다.

[길드]따알기:
이번에 길드에
새로 가입하신
뉴타 님입니다ㅋ

[길드]하나one:
안녕하세요~

[길드]모츠에나:
하이~ ^^

안녕하세여~

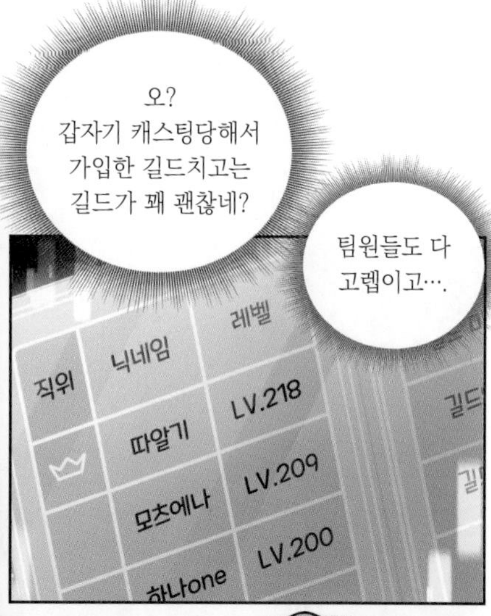

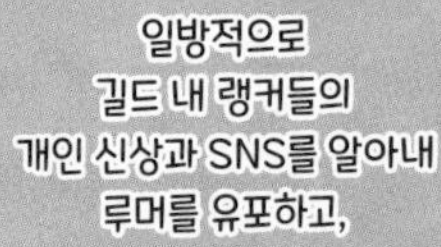
일방적으로
길드 내 랭커들의
개인 신상과 SNS를 알아내
루머를 유포하고,

악의적인
신고까지 하는
몇몇 유저 때문에
골머리를 앓고 있습니다.
그런 일도
있었다던데…
조심해서
나쁠 건 없지.

…비밀인데요.
보통 성별 숨기시면
다 여자던데,
여자분이시구나~? ㅎ
아닌데요;
뭐야?
이 새끼.

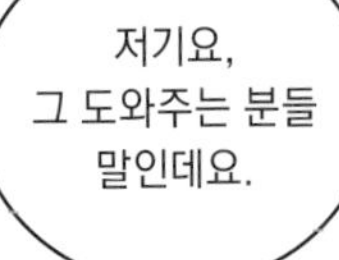
ㅎ 빼지 말고
도와줄 거 있으면
말해요^^

아뇨, 이미
도와주시는 분들
계셔서 괜찮아요!
……

저기요,
그 도와주는 분들
말인데요.
네?

저 사람들
말하는 거예요?
잠수 중……

혹시
저 사람들이랑
많이 친해요?

그렇지만
나만 그렇게
생각하는 거라면?

친한…
건가?
이 정도면
친한 것 같기도
한데….

이분들은
그냥 지구별 때문에
나를 도와주는 거고,
VS
지구별도 원하는 게
있으니 나한테
달라붙어 있는 거니까.
내가 아무리
친밀감을 느끼고
함께 웃어도,
함부로 친하다는
말을 꺼낼 사이는
아직 아니겠지.
아뇨,
그냥…
어쩌다 보니
도와주시고
있는 분들이에요.
아하….

그럼 그렇지. ㅋ

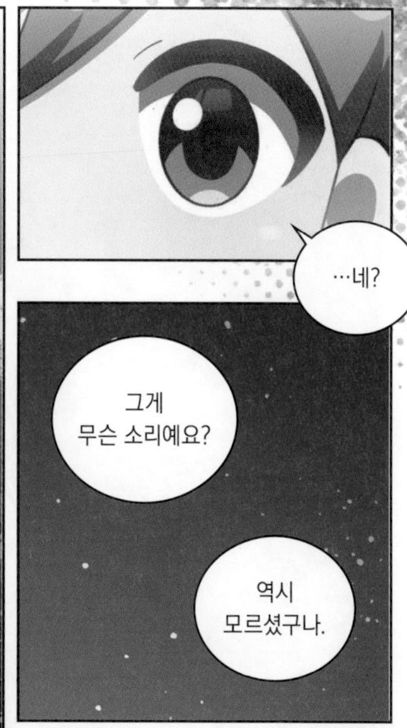

아무것도 모르시니까 저런 사람들이랑 다니시는 거겠죠.

*게임에서 불법 해킹 프로그램을 이용하여 플레이하는 유저

*자유 게시판 **사건 사고 게시판

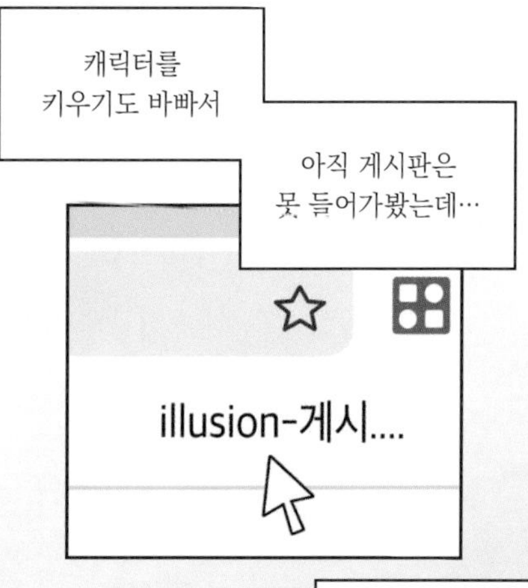

저 사람의 말이
사실이라면…

제목: 이거 핵인가여?(사진有)

렙 170대 울피스트가
200레벨대 사냥터에서
혼자서 사냥하는데,

이게 가능한가
싶어서;

냥이냥나냥?
걔 [포세이돈] 길드잖아.

최근에
자유 게시판에서
자주 보이네.

ㄴ와; 데미지 뭐임? 데미지 핵 쓰나 본데?

ㄴ행운 옵션을 높인 거 아냐?

ㄴㄴ행운을 영혼까지 끌어올리면
가능하긴 한데, 말처럼 쉬웠으면….

제목: 아테네섭 애들 있냐?
[포세이돈]《 이 길드 피해라.

겨우 가입했는데
기여도 먹버당함;
그냥 핵 쓰냐고
물어본 것뿐인데….

키배력 ㅈㄴ 센
핵쟁이도 있어서
반박 한 마디도
못 해보고 블락 먹음.

혹시나 싶어서
물어본 건데 화내는 거 보니
진짜인가 봄.

ㄴ요새 저 길드 왜케 말이 많음ㅋㅋ
ㄴ톡 캡처 개웃겨ㅋㅋ
[님들 진짜 딜 잘 뽑으신다 무슨 핵 쓰세요?ㅎㅎ]
《 이건 걍 잘려도 할 말 없는 거 아니냐.

ㄴ나 단톡도 들어가 있었는데 핵 얘기는 안 하더라
⇒니한테 알려주기 싫었던 거 아님?
ㄴ친한 척하면 나도 핵 프로그램 알려줬을까 싶었는데…
⇒이 새끼도 그냥 뒀음 핵 쓸 새끼네ㅋㅋ

……

말이 많기는 한데…

다들 심증 뿐이잖아?

하여튼 포세이돈 길드, 핵 말고도 말 많은 사람들이라서요.

아, 네… 그렇군요.

뭐, 판단은 본인이 하실 일이지만…

힐끔

반짝

그래도 이제 같은 길드원이잖아요? ㅋ

걱정해주는 건
고맙지만…
그래도 역시
저쪽 말만 듣고
의심할 순 없잖아?
저벅
저벅
역시
본인들에게 직접
확인을 해봐야…

어? 뉴 님,
다른 길드에
가입하셨어요?

아….
두리번
헉…
잠깐만요.
아직 아무도
안 왔나?

아 배부르다~
어~ 아빠
안 잔다~
저 방금
왔어요.
아니, 님들
이거 봐봐!
팡
팡

뉴 님 그 사이에
다른 길드
가입했어!
빠
밤

에엥?!

아니, 길마님
아직도 초대
안 했었어요?
다녀와서
하려고 했는데… ㅠ
???
끔뻑…

그게…
아까 단톡에서
지구별 님이 뉴타 님
길드 초대해도 되냐고
물어봤었거든요….
아예 길드 초대를
하고 나갈걸
그랬나 봐요ㅠ

…뭐?

지구별이…?

왜?
아직 나는
길드 레벨 컷에도
못 미쳤고,
지난번에 이미
가입 거절도
했었으면서?

이벤트가 끝나고 나면
안 볼 사람이라
생각하고 있었는데….

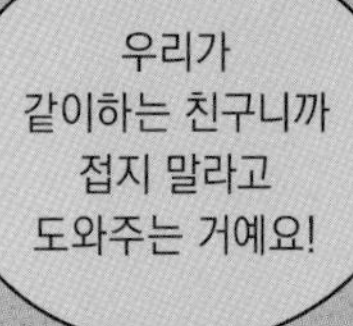

우리가
같이하는 친구니까
접지 말라고
도와주는 거예요!

....
…님들.

혹시,
핵 쓰세요?

둥
네?

?!
둥

두
둥
— —??

이런…
조금 돌려서
물을 걸 그랬나;
삐질…

아니면
죄송한데ㅠ
어디서
그런 말을
들어서요….

아!
물론 뉴 님 말고
그 새1끼요! ^^
훽

흐읍
쩌렁
[딸기잼]<<<<<<여기 짱 나와ㅋ
[딸기잼]<<<<<<여기 짱 나와ㅋ
[딸기잼]<<<<<<여기 짱 나와ㅋ
쩌렁
푸드덕

그렇게 아니라고
녹화 영상까지
보여줬는데…
믿지도 않을 거면서
왜 이렇게 해명들을
바라시는지.
죽지도 않고
또 온 핵무새~
………

저…
흥!
망나니가
또!!!

12화
ILLUSION...

쩌렁
[딸기잼]<<<<<여기 짱 나와ㅋ
[딸기잼]<<<<<여기 짱 나와ㅋ
[딸기잼]<<<<<여기 짱 나와ㅋ
쩌렁
푸드덕

쩌렁
[서버]ㅈi9별:
[딸기잼]<<<<<<<
이 반 짱 나와!!
[서버]ㅈi9별:
[딸기잼]<<<<<
자신 있음 나와!
쩌렁

아ㅋㅋㅋ 진짜
저 망아지를
어찌할꼬~
ㅋㅋ
왁
왁
또 싸움 거시네.
누가 좀
말려봐요ㅠ
…아.

내가
길마였네….
어허!
지구별 멈춰!!
훽
씁!
세상에 나쁜
길드원은 없다
ㅎ…
잘도
말려지겠다ㅋㅋ

[길드]따알기:
…뭐지? ㅋㅋㅋ
[길드]카드값줘체리:
길마님 부르나 본데요?

[길드]neutaaaa:
아, 그게…
사실 제가 핵 쓰냐고
물어봤거든요.
죄송합니다…
[길드]따알기:
ㅋㅋㅋㅋㅋㅋㅋㅋㅋ
그래서 뭐라던가요?
[길드]neutaaaa:
절대
안 쓴다던데요?
[길드]따알기:
ㅋㅋㅋㅋㅋ
ㅋㅋㅋㅋㅋㅋ
그러시겠지~

[길드]모츠에나:
신입님 그걸
믿으셨구나ㅎㅎ
순진하고
참 귀여우시다ㅎ
멈칫
귀여……?

………
소소슷…
tlqkf.

인간에겐
본능적으로
미친 새끼 레이더가
달려 있는데,

WARNING

지금 내 레이더가
미친 듯이 반응하는 거 보니
저놈은 '진짜'인 것이다.

삐용

무시하자….

삐용

삐용

WARNING

길드전이라도
하자는 말인가?

뭐??ㅋㅋㅋㅋ
듣보잡 길드랑 길드전?ㅋㅋㅋ
가문의 수치다ㅠㅅㅠ

시간 아까우니까
길드전은 됐고,
깔끔하게
이 대 이 PVP로 가
><
씨익

좋습니다,
ㅆ1발놈아^^
뿌드득

크하하하
난 너 싫은데
개새1끼야^^!!!

[서버]햄스터:
야!! 서버 채팅 니들만 쓰냐!!!
ㅈㄴ 시끄럽네.
귓말로 싸우세요!!!!!!!!!
방금 템 먹은 게
뭔지도 안 보이네!!!

[서버]따알기:
그럼 저희가
내용이랑 정리해서
우편 드리겠습니다.
크흠
상대는 저희가
지목해도 되죠?

ㅇㅇ~
아니, 왜 갑자기
일이 이렇게
커진 거지?

내가 괜히
말 꺼내서
싸움 붙은 거
아니야?
꿀꺽
나
때문에????

그, 그래도
괜찮아요…?
재네가 먼저
선빵 쳤잖아요~
지구 님
직위 다시
올려드렸어요! ^^
ㅇ0ㅇ!!!!
야호!!!!!!!!!
타다다다
아니, 그나마
상식인이었던
포세이돈대장까지?!

다 뒤졌다….
주여 핵무새
한 놈 갑니다~
키히힉
크하핫
후후후
^^

다들
제정신이
아니야!!!

지구
님! 님님 큰일 났어요!!!!!
띵!

얼른 들어와보셔야
할 것 같은데ㄷㄷ
바쁘세요??
큰일?
저 밖인데,
머 큰일이라도
났나요?

큰일 났죠!
흠칫..

님 레벨이 큰일 났어요! ㄷㄷ
......

저.런.
토도독

그럼 그렇지.
어그로를 안 끌면
지구별이 아니지.
무시~
척척척

밀린 청소 끝!

이제 회사 다니려면
자취방도 새로
구해야 하는데…
응?
뒹굴~

9:12
채팅
지구
ㅜㅜ나 차단당한거임?

아, 맞다.
아까 연락 왔었지.

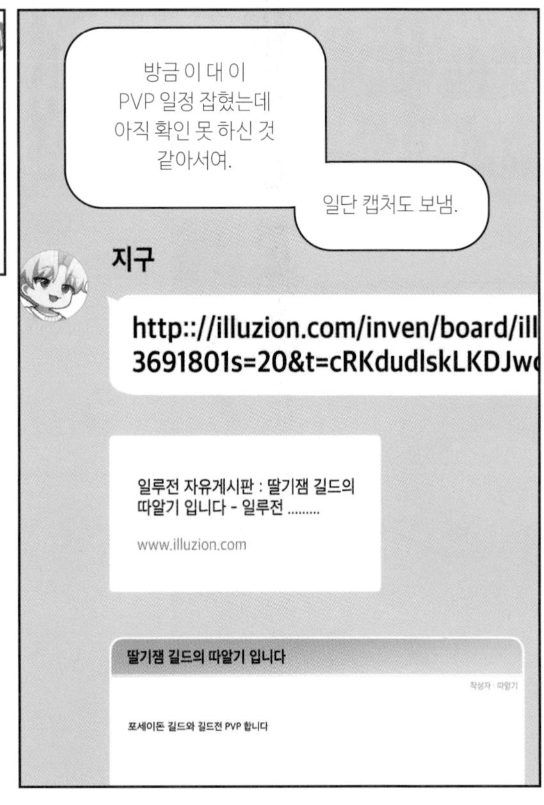
방금 이 대 이
PVP 일정 잡혔는데
아직 확인 못 하신 것
같아서여.
일단 캡처도 보냄.
지구
http:://illuzion.com/inven/board/ill
3691801s=20&t=cRKdudlskLKDJw
일루전 자유게시판 : 딸기잼 길드의
따알기 입니다 - 일루전 ....
www.illuzion.com
딸기잼 길드의 따알기 입니다
작성자 : 따알기
포세이돈 길드와 길드전 PVP 합니다

제대로 먹금하네ㄱ-

보낸 사람 : 따알기
제목 : 일정 조율

내용 : 우리 길드원들이랑 상의해서
PVP 일정 잡았다.

날짜
다음주 주말 양일 중 골라 답신

승리판정
2:2 PVP (8분) / 삼세판으로 판정
〉3판중 2판을 이기면 승리.
타임오버로 비길 시 재경기.

〈포세이돈〉 길드 참여자

ㅈi9별 / 냥이냥나냥

〈딸기잼〉 길드 참여자

neutaaaa / 모츠에나

부비

〈딸기잼〉 길드 참여자
neutaaaa
뭐야?!??!

아니, 저는 왜…?
냥 님이랑 레벨대 맞는 사람이 님밖에 없었나 보죠ㅋㅋㅋㅋ
※현역 고등학생이라 저녁에만 접속해서 레벨 오르는 속도 느린 편

벌떡
아니 아무리 그래도 그렇지 어떻게 나를 낄 수가 있어?
이런 일이 있으면 먼저 내 의사를 물어봐야 하는 거 아냐?!

포세이돈VS딸기잼 PVP 한대!
뉴타가 누구임
벌써 다 퍼졌잖아?
이번에 싸우는 애
뭐 하는 앤데?
활활
애 때문에 싸운다던데?
활활
어쩔 수 없지, 연습해야지.
빠른 포기
암튼 PVP 제가 이기면 딸기잼 쪽에 뭐 하나 요구하려고 하는데요.
퐁!
어찌 보면 님 때문에 시비 붙은 거니까 제 맘대로 해도 되져?
…이걸 나 때문이라고 대놓고 말하네.
어이없어…

뭐… 어찌 보면
내가 중간에서
신중하지 못하게
말을 흘린 거라,
줄곧
신경 쓰이긴
했지만….

지구
ㅇㅇ
나중에 말 바꾸기 없기!
캡처도 해놨음!!
갤러리에 박제도 할 거임!!!
지구
아니, 뭐
그렇게까지;

여튼 님 오늘
3차 퀘스트까지만
마무리하면,
이번 주 안으로
냥 님이랑 얼추 레벨을
맞출 수 있겠네여.
얘는 만사 계획 없이
충동적으로 살 거 같은데
은근 전략적으로
계획을 세운단 말이야….

오늘 언제 들어오심?
오늘…
아.

그러고 보니
슬슬 올 때
됐는데….

아, 맞다.
자취방 보려고
준비 중이었지.

선용

20xx년 x월 x일 x요일

선용
이여운 나 차가 좀 막혀서 늦는다
30분만 더 기다려
오전 9:37

ㅇ
오전 9:37

선용
내가 차 태워준다는데 싸가지
하고는..... 대답이 그게 뭐냐?
초성 말고 제대로 써
오전 9:37

ㅇ/ㅇ~!
오전 9:37

선용
고마운 마음을 가지고 붙여 써 ....
오전 9:38

%~♡
오전 9:37

선용
미친색기...
오전 9:37

하여튼 게임에
빨리 들어가기는
어려울 거 같은데⋯.

생각해 보니
이상하네.

이제 지구별이랑은
길드도 다르고
이번 PVP에서는
적으로 만날 텐데,

당연하다는 듯이
니를 도와주려는 게.

뭐…

지구별은
원래 좀 이상한 놈이니까.

피식

최대한 일찍
돌아와야겠네.

참나 당장 시작해도
모자랄 판이구만
뭐?? 약속????
쒸익
콩...
쒸익
콩...
뉴 님
못 들어오신대요?
지구 님
차였네 ㅋㅋ
아니, 근데
뉴타 진짜
어이없지 않음?
갑자기요?
내가 다
키워줬는데!!!
길드는 쏠랑
다른 데로
가버리고!!!
싸가지 없게!!
버럭!
님이 언제 키웠음?
내가 키웠음 몰라.
뻔뻔한지고
아; 암튼;

그 시각, 뉴 님

누가 내
얘기하나…

후비

그러고
보니,
고등학생인
냥 님은 둘째 치고…

대학생이라는 지구별은
어떻게 일주일 내내
게임에 접속해 있는 거지?

13화
ILLUSION...

피식

걱정해주는 건
고마운데…

그건 님이
알 바 아니고.

지9별

*계정 삭제 빵의 줄임말로, 계정 삭제를 걸고 하는 대결

50위 안에도
못 들어본 애가
랭커한테
오지랖 부리는 거
추하니까,
그쯤 하는 걸
추천할게^^
빠직

REC
…참고로 지금
녹화 중이거든?
ROUND 1
또 커뮤니티에
박제당하기 싫으면
핵 끄고 덤벼라.

그래도
이 자식 정보를 보니까
속도에만 올인한
ㅈ밥이던데,
처발리고도
입 털 수 있는지
보자!!!!
FIGHT!
타앗

ㅋㅋㅋㅋㅋㅋㅋㅋ
PVP 하면서
녹화 뜬 게
니가 처음이겠냐?
예쁘게
찍어주세요~
휘리릭
ㅅㅂ
저 새끼가…

털썩

휘이이잉

ㅅㅂ
말도 안 돼;

깨끗한 외관의
가장 꼭대기 층.

채광이 좋은
거실.

방이 두 개 이상이며
반지층은 아닐 것.

역세권.

1층에 식당이
들어와 있지 않은
건물에,

엘리베이터
있음!

이런 좋은 집을 두고
망설이면
금방 나간다니까?
누가 선수 치기 전에
바로 계약해야 해!
저
계약할게요!

빠른 계약 체결
KNFE

야, 근데 지금 사는 집
보증금도 안 빼고
가계약금을 한 방에
입금해버려도 돼?
그때까지
생활비는 있고?
타악

일단
보증금 빠지기 전까진
엄마한테 빌어서
돈 빌려야지….
혼 좀 날 듯;

이사 날짜는?
용달도
알아봐야지.
어,
안 그래도 아까
전화해봤는데…

다음 주 주말에
들어가기로 했던 신혼집
신부가 결혼식 날
첫사랑이랑 튀었대.
????
갑자기요?

그래서 다음 주
주말이 빈다고
그러더라고.
어….
그래서 그날로
잡았어.
뭐?!

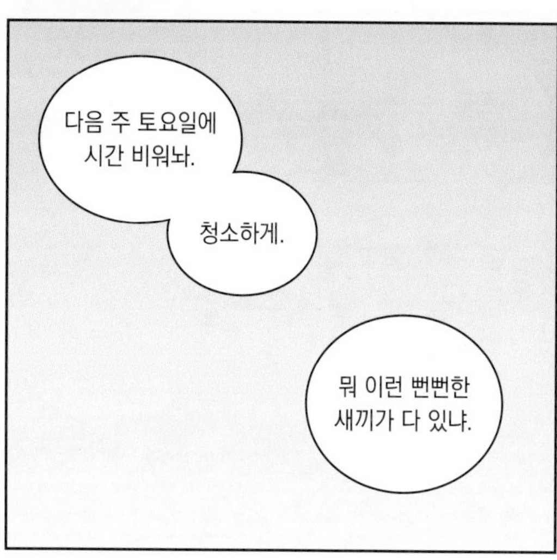
다음 주 토요일에
시간 비워놔.
청소하게.
뭐 이런 뻔뻔한
새끼가 다 있냐.

나 통화 좀
휘이

탁

띵

스르륵

네, 네~
끊어요~
휴우.

다음 주에 이사하려면 오늘부터 짐 정리 시작해야겠다.
돈도 해결됐고…
일이 일사천리로 해결되네.

응? 그러고 보니
다음 주에 뭔가
있었던 거 같은데…
철컹
뭐더라….

저잉
…야.
나 방금
옆집 사람
만났는데…
응?

하선용,
이제 가자.
엄마가 보증금
빼기 전까지
돈 빌려준대.
어, 어….

그 사람이
여기 이사
들어오는 거냐고
물어보길래
다음 주 주말쯤에
들어오게 될 것 같다고
그랬거든, 내가?
응.

난 웃으면서
좋게 좋게
말했어.
조금 시끄러워질
수도 있어서
죄송하다고.
그랬더니…

중얼..
하필
주말이야….
조심해라,
이여운.
이러고
그냥 지 집으로 쑥
들어가더라니까?!
너무했네….
니 옆집에
개싸가지 사니까.
4인 기숙사에도
살아봤고,
반지층에도
살아보고,
여기저기
이사를 다니면서
기상천외한
이웃집 빌런들을
자주 만나봐서 그런가…
뭐,
그 정도 가지고.
귀엽기만 하다.
와,
멘탈 무엇.

파아아아아앗ㅡ

축하드립니다!
섀도우 워리어로 전직하셨습니다!

스킬이
초기화되었습니다.

단축키 'k'를 눌러
스킬을 확인해주세요.

전직하면
쓰는 무기 바뀌는 걸
까먹었어요…
아이고, 저런.
엊그제 필요 없는
장비템들 다
분해했는데….
저 아까 몹 잡다가
섀도우 워리어 S+템
뜨긴 했는데~
헛.
선생님….
저 주세요
ㅋㅋㅋㅋㅋㅋㅋㅋㅋㅋ
ㅋㅋㅋㅋㅋㅋㅋㅋㅋㅋ
드릴 테니
무기 새로
맞추기 전에
임시로 쓰세요ㅋㅋ
나중에 이것보다
좋은 아이템 나오면
바꾸시고요.
팔랑
거래중
입니다...
뭘 이런 걸 다ㅎ
감사하단 말을
이상하게 하네?
응?

팡시리리~
…!
우와!
저게 내가 지구별한테 줬던 무지개 튤립이구나?!

랭킹전이요…?
*세기말에
이시스 격투장
가보면 랭커들
다 모이거든요.
아마 그때
자랑할걸요
ㅋㅋㅋ

*랭킹전 시즌 끝물

그러고 보니
지구별도 꼴에
랭커랬지?
개미굴에서
여왕개미에게 맞고
넉백이나 되는 방어력으로
어떻게 랭커가 된 거야?

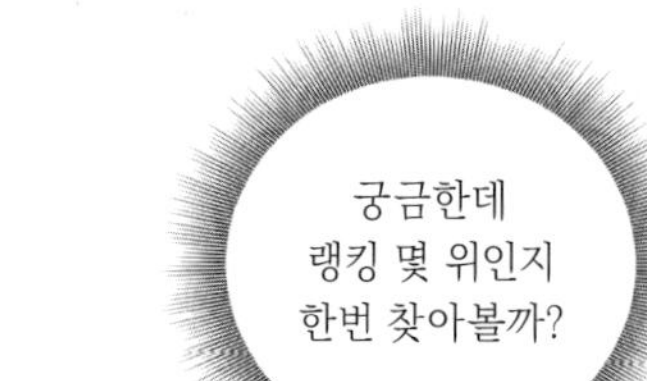
궁금한데
랭킹 몇 위인지
한번 찾아볼까?

………
헐.

스윽

17위
-

Queeeen

18위
-

ㅈi9별

말도 안 돼….

일루전-자유 게시판

[일루전] 대박 누가 '그 길드' 핵유저들이랑 PVP뜬대!

작성자 : (익명)

딸기잼 VS 포세이돈 PVP전 얘기 봤어?

자게에 >딸기잼< 검색하면 이 일 시작한 길마가 쓴 글 나옴ㅋㅋ
보니까 랭킹권 길드는 아닌 것 같은데 ㅈㄴ 용기 쩌는듯ㅋㅋ

딸기잼 측에서 스트리밍 방송한다던데
포세이돈 길드 절반 영정먹을지도ㅋㅋㅋㅋㅋ

그나저나 모츠에나랑 지구별은 랭킹 50위 안에서 왔다 갔다 해서
이름은 아는데… 나머지 둘은 누구임?
인원 맞추기용인가?

♥추천 283 ☆북마크 9

105개의 댓글이 등록되었습니다.

(익명)
냥이냥나냥 < 얘는 데미지 핵 쓴다고 유명한 울피스트고...
neutaaaa << 앤 모르겠는데. 뉴비인듯?

ㄴ (익명)
걔 요새 포세이돈에서 끼고 다녀서 그 쪽 길드
가입할 것 같더니만 상대 길드에 있네? 띠용?

(익명)
직업 상성 장난 없다ㅋㅋㅋㅋㅋ
딸기잼 쪽은 거너+섀도우 워리어 조합이라
근거리, 원거리 둘다 커버돼서 게임 끝이잖아.

근데 포세이돈쪽은 ㅈ망직업+속도올인 준탱커ㅋㅋㅋㅋ
지구별 캐삭빵 걸었다던데 어카냐ㅋㅋㅋ

ㄴ (익명)
핵 쓰려나보지ㅋㅋㅋㅋㅋㅋㅋ

ㄴ (익명)
영상 송출 다 될텐데 영정 각오하고 핵을? ㅋㅋ

ㄴ (익명)
설마ㅋ ㅋㅋㅋㅋㅋㅋㅋㅋ

(익명)
야 근데.... 걍 게임하다 시비붙어서 맞짱뜨는줄 알았는데
길드 단체전도 아니고 2대2 PVP?? 왜 이런 ㅈㄴ 노잼선택
한거임? 방송송출까지 할 정도면 판 더 키우지ㅋㅋㅋ

ㄴ (익명)
지구별이 내건 조건 개웃기던데 봄?
'우리 애' 돌려달래 ㅋㅋㅋ 엌ㅋㅋㅋㅋ

ㄴ (익명)
뭔소리임?

ㄴ (익명)
ㅇㅋ 두줄 요약 해드림

(익명)
딸기잼 > 핵쟁이들 망해라! 영정 고!
포세이돈 > 우리애 돌려죠!!

이거인듯?

14화
ILLUSION...

17위
Queeeeen
18위
ㅈi9별
랭킹 18위…?

제가 아는
'그'
지구별 님요…?
충격
넹
ㅋㅋㅋㅋㅋㅋ
저번에 보니까 별로
강해 보이지도 않던데
어떻게…?
ㅋㅋㅋㅋㅋㅋㅋ

와~
사람 없다고
이렇게 뒷담을
까네?
처억-
오.

멋진 쇼핑을
했나 본데~
이제 막
3차 전직한 게
형한테 까불어.
쫑긋
살랑
그래봤자 님도
여왕개미한테
몇 대 맞으면
죽잖아요.
안 맞으면 되지 ─ ─;
일대일로 싸우면
다르거든요??
아, 예….
것보다…
지금부터 저
메이크업 샵 갈 건데
얼굴 바꾸는 거
구경 오실래여?
빙글르르~
오~ 하나도
안 궁금한데~
ㅎㅎ 저
3차 전직
스킬만 찍고요….

"데스 윙"!
촤아아
아악
후욱
"블러디 포그"!
쿠우우웅
"어스퀘이크"!
짝짝짝
번쩍
짝짝짝
어이구 잘하네~

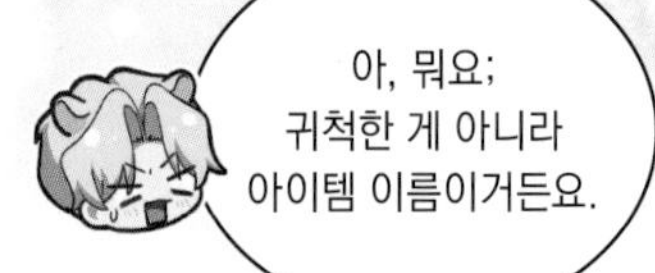

그… 가는 김에
뉴타 님도
쇼핑 좀 하시는 게
어때요?

저요?

뭐지…?

진심이냐고 묻는 듯한 저 표정…

반짝~

똘망한 눈+
짱 세 보이는 망토
=귀여움

반짝~

?

안 귀엽나?

귀여운데.

LOREM IPSUM

*지극히 주관적인 취향입니다

이시스 메이크업 샵
MAKEUP SHOP
후후후…
이날을 위해 변경권 세 장을 사뒀지!
처억
얼굴 변경권(랜덤)
하루 변경 가능 횟수 세 번
여기에 내 모든 걸 걸겠어!
우오옷—
저러다 망하면 재밌겠다.
나와라, 깜찍이—!!!!!
콰앙

슈우우-
샤랑~
아, 진짜…
이건
아니잖아….
ㅋㅋㅋㅋㅋㅋㅋㅋㅋㅋㅋ
ㅋㅋㅋㅋㅋㅋㅋ
ㅋㅋㅋㅋㅋㅋㅋㅋㅋㅋㅋ
ㅋㅋㅋㅋㅋ
ㅋㅋㅋㅋㅋ
ㅋㅋㅋㅋㅋ
에잇,
한 번 더 도전!!!
Random
얼굴 변경권
샤라랑~
슈우우-
?

아니, 개짜증 나네.
이러면 바뀐 게
없잖아!!!!

바뀌긴 했네요.
360도.

피식

아ㅋㅋㅋㅋㅋ
돌아왔엌ㅋㅋ

진짜 찐으로
막턴 간다
—!!!!

번쩍

아, 나 ㅅ발
인생….

ㅋㅋㅋㅋㅋㅋㅋㅋㅋㅋㅋ
ㅋㅋㅋㅋㅋㅋ
ㅋㅋㅋㅋㅋㅋㅋㅋㅋㅋ

갓겜ㅋㅋㅋㅋ
ㅋㅋㅋㅋㅋㅋ
ㅋㅋㅋ

아, 진짜 일루전
개망겜이네….
MAKEUP S

MAKEUP SHOP
이거 확률 조작
아님?
후우…
터덜…
ㅋㅋㅋ
돈 날렸담서
또 지르셨네.

이렇게라도
가려야지 열받아서
못 해 먹겠음.
내일은 진짜
깜찍이 눈
뽑는다 ㅡ ㅡ
그 눈
잘 어울리는데
왜요 3_3

ㅋㅋㅋㅋㅋㅋ

[귓속말]모츠에나:
뉴타 님 뭐 하세요?^^

저희 PVP 대비해서 합 좀 맞춰볼까 하는데…
이미 파티 중이시라 초대가 안 되네요? ㅎㅎ
아, 맞다…
이번 주 토요일에 이 대 이 PVP 일정이 있었지?

……
잠깐.
이번 주 토요일?!

다음 주 주말에 들어가기로 했던 신혼집 신부가 결혼식 날 첫사랑이랑 튀었대.
째깍
????갑자기요?

그래서 다음 주 주말이 빈다고 그러더라고.
째깍
아….
째깍
그래서 그날로 잡았어.
째깍
뭐?!

다음 주 토요일에
시간 비워놔.
청소하게.
-회상 끝-
띵—
뭔가
잊어버렸다
했더니!

[귓속말]모츠에나:
뉴타 님??

아, 이제 봤네요.
어디에서 만날까요?
하던 일 끝나시면
파티 걸어주세요ㅎㅎ

날짜가 겹치긴 했지만
저녁 시간대니까
괜찮겠지?
PVP는 처음이라
괜히 떨리네….
후우

님들, 모츠에나 님이 지금
PVP 연습한대서
저도 가봐야 할 것 같아요.
AKEUP SHOP
그래요?
그럼 가보셔야죠.

연습? ㅋㅋㅋㅋ
쫄리나 보네ㅋ

…님은 냥 님이랑
안 맞춰보세요?
누굴
걱정하는 거예요,
쪼렙 님아ㅋㅋ

찡긋~
연습 같은 거 안 해도
당일 되면 알아서
잘하겠죠~
물론 내가 지구별을
걱정할 처지는
아니긴 하지만…

너무 대책
없는 거 아닌가…
게시판 보니
둘 직업 상성이
그렇게 좋은 편도
아니라던데.
나이트 스피어
+
울피스트

믿는다
냥냥아~
저 아무 생각 없는
상판대기를 보니
오지랖이
저절로 드네….
흐흐…

멈칫
…그런데 잠깐만.
방금 모츠에나〈 얘가 불렀다고 했죠?
네? 네…
뭐지? 갑자기 정색을 하고….
…뉴 님. 조심하시는 게 좋을 거예요.
모츠에나 그 인간 소문 안 좋은 유저거든요.
네?
MAKEUP SH

아는 사람만
아는 얘긴데요.

모츠에나가 전에 있던
〈액상과당〉이라는
길드에서도,

모츠에나에 대한
소문이 안 좋게
나 있던데…

완두 님이
그 〈액상과당〉 길마한테서
얘길 들었다고
하더라고요.

템이나 돈 빌리고
안 돌려주는 건
기본이고

잠깐만,
이 얘기 어쩐지
낯설지 않은데…

[길드]모츠에나:
근데 neu 님은
몇 살임?

길 챗방에서
여자 캐릭터들한테
치근덕대고

남자? 여자?

번호 달라고 하면서
*오프 주도하고
난리였대요.

그러고 보니,

*오프라인 만남

[길드]모츠에나: 신입님 그걸 믿으셨구나ㅎㅎ
순진하고 참 귀여우시다ㅎ
멈칫
나한테 치근덕댄 거랑 똑같잖아?

여튼…
여러모로 그 사람 평 되게 안 좋으니까 조심하시는 게 좋을 것 같아서요.
네….

평 안 좋은 건 지구별 님만 할까요ㅋ
그건 평가가 아니라 질투고요ㅎ

그리고 원래
모츠에나가
포세이돈 길드에도
들어오려 했었는데,

완두 님이 막아서
바로 길드 신청
거절한 거래요.

그 자리에
부길마님도
같이 있었다던데
기억 안 나요?

그러고 보니
포세이돈 길드는
면접이 상당히
깐깐했지.

ㅎ…

그건
그렇네ㅋㅋ

이상한 사람이
많이 꼬여서
그렇다고 했던가….

나도 처음엔
스토커라고 오해받아서
거절당했었는데…

그때는 그 태도가
어이도 없으면서,

아니라고 해도
들은 체도 안 해서
화도 났었고.

잘은 모르겠지만
뭔가 오해가 있었던 것
같으니,

지금은 예전처럼
거북하지 않아.

조금 친해진 지금이라면
무슨 사정이 있었는지
들을 수 있을까?

…지구별 님.
ㅇㅇ?

조심스럽게
물어보는 게
좋겠지.
분명
깊은 사정이
있었을 테니.

전에 제가
포세이돈 길드에
가입하려고 했을 때,
기억하세요?

님이

저한테 대체 왜 그랬냐, 이 씨1발놈아?

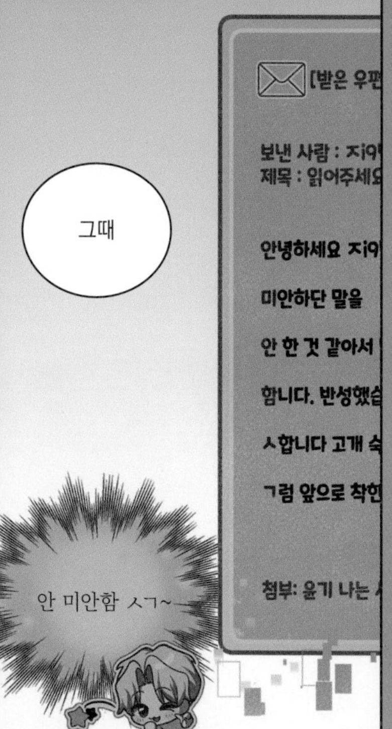

부들
부들
생각하다 보니 열받네?!

15화
ILLUSION...

그라데이션
분노ㅋㅋㅋㅋㅋ
ㅋㅋㅋㅋㅋㅋ
ㅋㅋㅋ
ㅋㅋ
ㅋㅋㅋㅋㅋㅋㅋ
쿠구구쿠
구구구...
맞다…
욕 박으려던 게
아니었는데….
갑자기
욱해서 그만;
침착하게
다시…
타다닥
지… 구별…
님…
이
ㄱㅐㅅㅐ끼야!
ㅋㅋ ㅠㅠㅠㅠ
ㅋㅋㅋㅋ
ㅋㅋㅋㅋㅋㅋ
ㅋㅋㅋㅋ
쏙
뿅
의상 체인지

넙죽~
왈왈!
(ㅈㅅ이라는 뜻!)
이건
멕이는 거
아니냐?
와, 진짜
한 대 때리고 싶네,
이 개같은…
꽈아악

끼이잉…

ㅋㅋ 근데
진짜 죄송요.
하도
이상한 애들한테
당한 게
많아서….

ㅡㅡ
삐죽
뭐 얼마나
대단한 변명을
하나 보자.
LOREM IPSUM

나중엔 여럿이 작정하고 부계 파서 달려드니까 답이 없더라고요….

신고해봐도 게임 운영진이 막을 수 있는 데에도 한계가 있었고요.

으쓱

그래도
길드원 모자라면
경험치 손실이 크니까
아예 닫아놓을 수도
없어서,

'200LV↑/접률↑/면접↑/매일 길퀘수

길드 가입을
깐깐하게
받고 있었는데…

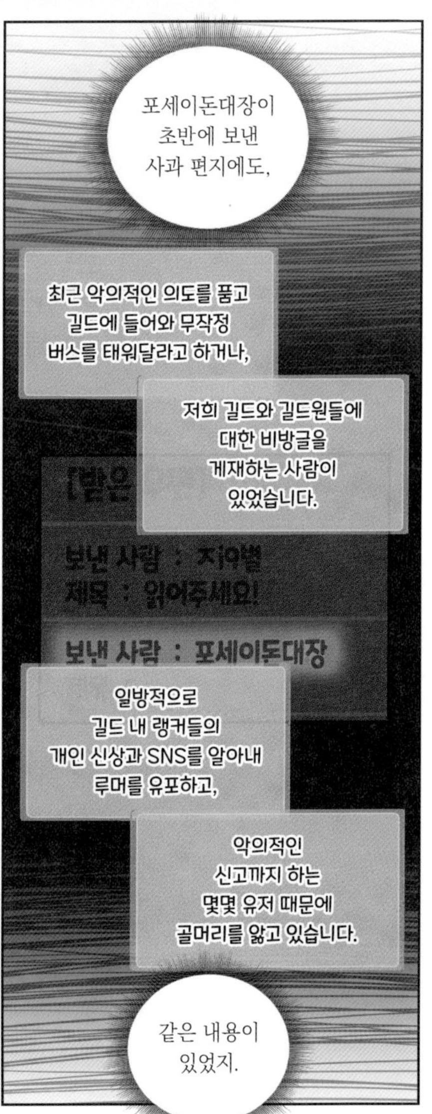

그놈들이
저희가 길드 톡방에 올렸던
사진을 보고 신상을 캐내려고
했던 적도 있어서,
더 예민하게
군 것도 있었어요.

암튼 그땐
죄송했다구요….
네….

지구별 우냐??
ㅠㅠ
안 울엉.
얘기 들어보면
예민할 수밖에
없었던 것 같긴 해.

…일단
설명해주셔서
감사해요.
저 이만
연습하러
가야 할 것 같아요.
앗, 구래요.
ㅂㅂ~

안마 연습
열심히 하세요!

지구별도
일부러 그런 건
아니었고…
이상한 사람들
많이 꼬여서
힘들었겠네.
뉴 님.

…내가 또
쓸데없는 걱정을
했군.

딱히
이길 욕심도 없고,

그간의 정도 있어서
적당히 설렁설렁할
예정이었는데…

이렇게 된 거
지구별 저 새1끼는…

한 대라도
때리고야 만다!

PVP
아레나

뉴 님 여기요!
흔들
모츠에나
따알기
카드값줘체리

오, 그사이 전직하셨네요?
네, 방금 전에 막 전직했어요.

3차 퀘 많이 어려웠죠^^

양이 많긴 하더라구요 ㅋㅋ
다른 분이 도와주셔서 금방 깼어요.
다른 사람이랑요?
스윽..
저랑 했으면 더 일찍 전직하셨을 텐데ㅎ

오소소~..
딸칵
미친놈 레이더
ON
삐융
템이나 돈 빌리고
안 돌려주는 건
기본이고
삐융
길 챗방에서
여자 캐릭터들한테
치근덕대고
삐융
번호
달라고 하면서
오프 주도하고
난리였대요.
여튼…
여러모로 그 사람
평 되게 안 좋으니까
조심하시는 게
좋을 것 같아서요.

섀도우 워리어는
부적보다
중급 정령석 끼는 게
더 좋아요~
앗, 그렇군요.

아, 체리 님도
나랑 같은
섀도우 워리어였지?
정보도 얻고
좋은데?
나도 다른 사람
장비 정보 좀
참고해볼까?

열람 기능이
비공개로 설정되어 있습니다.
…응?
정보가
나 막혀 있네?

지구별이나
냥이냥나냥도
닫혀 있던데,
고렙으로 갈수록
정보 열람 기능을
꺼두는 경향이 있나?
*부옵도
똥이네ㅉㅉ
뭐, 그 둘은
나 보라고 잠깐
풀어주기도 했지만.

*부옵션

음, 일단은…

상대방이랑 최대한
같은 직업으로 연습하는 게
좋을 것 같긴 한데,

저희 길드엔
울피스트가 없어서
대충 레벨 맞는
사람으로 데려왔어요.

카드값줘체리
LV.205
섀도우 워리어

따알기
LV.221
아크 메이지

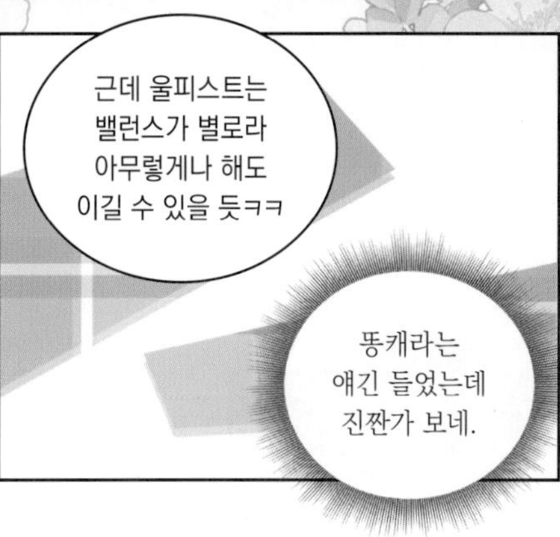

지금은 닫혀 있는
지구별과 냥이냥나냥의
템 정보가 게시판에
돌아다닌다는 것은,

핵 의심을 풀기 위해서
잠깐이라도
공개했다는 뜻이고,

렉 뭐냐?
유명 길드 템 셋 스키린샷 모아봤다 [1]
ㅍㅅㅇㄷ 길드 올피스트 템트리 봤어? [3]
나이트 스피어 부옵이 원래 이래? [1]
그 길드 나이트 스피어 핵임. [5]
포ㅅㅂ돈 부길마랑 한 대화 공유함 [12]
ㅋㅋㅋㅋ이거 봄? [3]

핵이라고 믿는
유저들을 그 정보를 토대로
신고를 했을 텐데

그 사람들이
진짜로 핵을 썼다면

운영진들은
왜 그 사람들을
막지 못하는 걸까?

그저 운영진이
핵을 잡는 능력이
없어서…?

당일
PVP 영상은,

모츠에나가
실시간 스트리밍으로
송출할 예정이라고 한다.

포세이돈 길드 쪽에서
핵 의심 유저로
정황이 가장 뚜렷한
둘을 지목한 것도

명백한 증거를
잡기 위해서
그런 거겠지.

핵을 썼다고
확신하는 이들과,
부정하는
당사자.

과연 어느 쪽이
진짜일까?
자, 그럼
연습하러
가볼까요?

폐허 도시로 이동합니다.

행운을 빕니다.

슈웅

닷

닷

빽
29
저쪽에선 따알기 님이 버프 스킬을 쓸 거라서,
딜러밖에 없는 우리한텐 불리할 수도 있어요.
그러니까 우리는 따알기 님을 먼저 노려서 리스폰을 꼬는 전략으로 가요.

제가 맵이 안 익숙해서 잘할 수 있을지…

타앙

음-

킬 수 합산으로 승리 판정이 나니까 최대한 안 죽는 것도 방법이고요^^

안 죽고
살아남기만 해도
승률이 올라간다고?

5……

4……

그 정도라면
나도…

3……

2……

1……

READY……

FIGHT!

한번 해보자!

16화
ILLUSION...

READY......

FIGHT!

2인 PVP는
8분이라는
시간이 주어진다.

타다다다

다다다

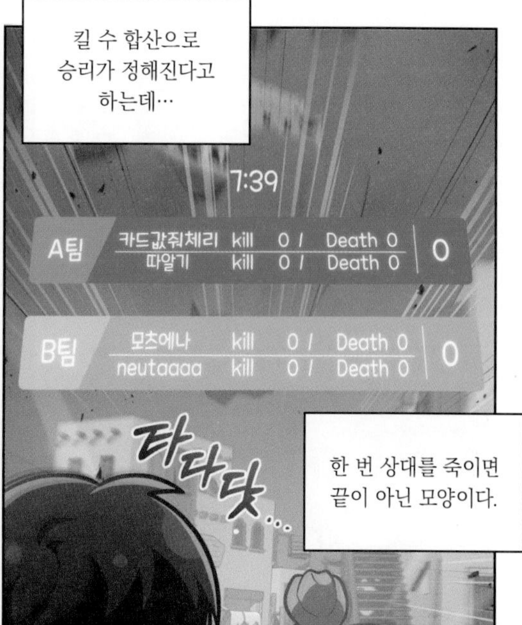

탁

탁

두두두

아크 메이지

두두

섀도우 워리어

두두

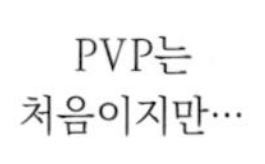

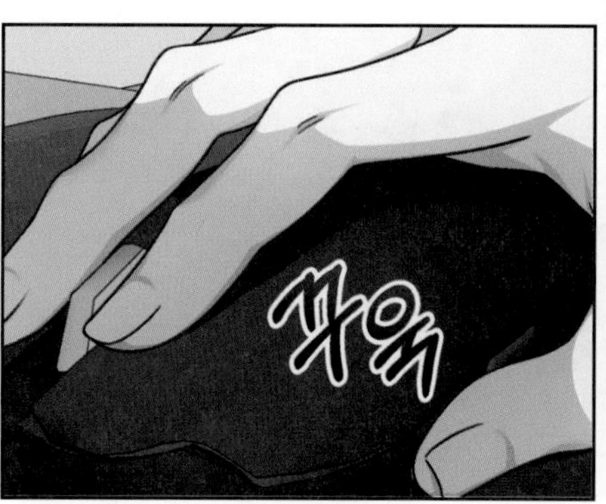

열심히 해보자!

닷
쐐애액
훅
"윈드밀"!
윽!
퍼버벅!!
휘리릭

!

파앗

"페스티스트 샷"!

타다다

다다당

*regeneration: 리제너레이션. 갱생, 부활

…죽었네.

7…

6…

삐질

한 대라도
때려보는 거야!
슉

윽,
집중해보자!

ㅈㅅ
슉팟

빠바박
콩…

'neutaaaa' 님께서
사망하셨습니다.

또 죽었…

'neutaaaa' 님께서
사망하셨습니다.

쨍그랑
LOSE

WIN	따알기	KILL 9 /	DEATH 3
	카드값줘체리	KILL 5 /	DEATH 9
LOSE	모츠에나	KILL 11 /	DEATH 2
	neutaaaa	KILL 1 /	DEATH 12

…

처참한
패배….

neutaaaa
kill 1 / death 12

겨우
한 번 죽이고
열두 번을
죽었다고?
ㅅㅂ, 어쩌지…
나 너무
약한데….

초면에 이런 말
하긴 좀 그런데…
뉴타 님 완전
조/빱이시네요….

아니, 레벨 차가
넘 심하잖아요.
첫판이셨으니까
ㄱㅊㄱㅊ ㅋㅋㅋ
몇 판 더 해보면
좀 늘 거예요^^

A FEW
MOMENTS LATER......

끼익。
……
음…

레벨 올리는 거 도와드릴게요^^

보이스 되는 환경이시면 통화하면서 하는 거 어떠세요?

보이스?

홀블루
말하는 건가?
친하지도
않은 사이에
불편한데.
아, 아뇨.
마이크가
없어서….
음…
근데 n 님은
나이가 어떻게
되세요?
저요?
갑자기
나이는 왜
물어보는 거지…?
길톡에 올린
사진 보고
신상 알아내려고
한 적도 있어서
좀 예민하게
군 것도 있었어요.
40살인디요.
두
둥
그런 얘기까지
들었는데,
신상을
알릴 수는
없지.
아~
제가
생각했던 것보다
나이가 있으시네요.
네ㅎㅎ
그럼 저…
누나… 라고
불러도 되나요?
…누나?

저… 그,
전 남잔데요.

아직
부담되시는구나ㅎㅎ
알았어요, 누나ㅎ

으쓱

튕기는 모습도
매력적이시네ㅎ

아니, 저
달려 있다고요….

이거 뭐
보여줄 수도
없고…

ㅋㅋ 농담에
연륜이 느껴져요,
누.나.♥

아니, 정말
아니라니까요;

ㅎㅎ

소름

미…
친…

클릭..
'neutaaaa' 님께서
파티를
탈퇴하셨습니다.
마을로 돌아갑니다.
또라이
새끼….
슉

[귓속말]모츠에나:
헉 제가 너무
부담스럽게 굴었나여;
돌아와요
누나ㅜㅜ
(무시)
파앗
음, 그나저나
PVP 연습 결과가
너무 심각해서
레벨을 키우긴
해야겠는데…
친구
지9별
포세이돈대장
냥이냥나냥
……

어쩔 수 없지.

오늘은
혼자서 돌까.

와…

바쁘다는 게…

벌써 내일이
PVP 하는 날인데…

연습은 했을까?

아니, 뭐…
내가 신경 쓸 일은 아니지만
》》PVP전 포세이돈 핵 쓴다 vs 안 쓴다《《
심심한 놈들 돈 걸고 가 최소 3000부터 받음 (3000벨X 3000만벨O)
오 베팅!
와, 지구별; 랭킹 50 안에서 놀던 놈이 하루아침에 3위로 올라왔네?
ㄴ내역 보니까 8분 동안 최다 킬이 30이던데 이게 되나?
빼박 핵 아님? 내일도 쓸지 안 쓸지 베팅ㄱㄱ
ㄷㄷ
+세 줄 요약 추가한다!
1) 포세이돈 지구별이랑 냥다섯글자 핵쟁이 맞음. 아니면 내 손목 자름ㅇㅇ
2) 베팅하고 가셈! 주말에 쟤네가 핵 쓰나 안 쓰나ㅋㅋ
3) 베팅한 사람들은 따로 우편 하나 갈 거임
(315개의 댓글이 등록되었습니다.)

댓글이 이렇게 많은데
포세이돈 편들어주는
댓글은 하나도 없네.
톡

짧지만 포세이돈 길드랑
보낸 시간이 있었기
때문일까?
나는 괜히
포세이돈 쪽에
마음이 기운다.
이 세상은
학연, 지연, 혈연의
시대니까….
......

아니,
?
어느 쪽도
해당 안 되지
않나?

새벽에
일어나야 되니
잠이나 자자….
이사 & PVP대회
D-Day
결전의 날,
COMING
SOON!

17화
ILLUSION...

톡!
정세형
이여운 진짜 초밥 사줄 거임??

선용
몇 시까지 갈까요 주인님?
오전 10:06
지금
오전 10:06
선용
네네 주인님 저 금방 씻어요…
사람 없어요
정세형
주인님 저는 지금 나가요
오전 10:06

하암~
아침부터
바쁘게 움직였더니
졸리네.
끔뻑…

……
조금만 잘까….

설마
남은 짐 정리가
그렇게 오래 걸릴 줄
몰랐지.
지이이익
지이익
막판에 급히
수습함.

…야 이,
……
미친
새끼야…
페인트칠을
왜 오늘 해?!
어, 왔어?

니들이 평일에는
시간 안 된다며?
그럼
오늘 해야지,
어쩌겠냐.
나도 오늘
하고 싶지 않았어
아놔, 진짜.
뻔뻔한 새끼

주인님,
나 흰옷인데…
옷 빌려줄게.
그거 입고 해.
아 뭐야, 주인님;
이 옷 너무
구려요….
저 핑크
안 받아요;;;;
샤랄라~
그거
하선용 거니까
재한테 따져.

뭐야, 내 옷이
왜 너한테 있어?
이히히
토하면
내쫓는다
니가 올해 초에
술 처먹고
우리 집 와서
버리고 갔잖아.

삐리릭
덜컹
그거 말고는
여분 옷 없는데?

……
딴거 줘….

그러지 말고
다른 옷
주세요오~
슥..
ㅋㅋ
없다니까.

아아앙~
주인님~
흠칫

쾅앙!!

뭐야?
벌렁
벌렁
아,
ㅈㄴ 놀랐네.

무슨 문짝을
저렇게 세게
닫냐?
슥
옆집 사람….

선용이가 본 바로는
개싸가지라던데.
듣던 대로
한 성깔 하네.
흠…
그래도 이웃인데
인사는 해야겠지?

여운아,
컴퓨터 어디다
놓을 거야?

아, 그 방인데
아직 설치하지 마.

페인트 다 마르고
냄새 빠지면
내가 알아서
설치할 테니까.

…인사는
짐 다 풀고
하지, 뭐.

칠
시작했어?

아직…
너는 뭐 하는데?

거실 먼지 좀
닦으려고.

이여운
개꿀 빠네.

도배 끝!

수고했어.

나도 짐 정리랑 청소 끝났어.
꼬르륵..
야, 우리 초밥 언제 먹으러 가?
으어억~ 옷이 땀에 쩔었어.

어…
슥

6:19
4월 30일 x요일
벌써 시간이 이렇게 됐네.

너네 땀 많이
났으니까
씻고 기다려.
내가 나가서
초밥 사 올게.
너네 힘들잖아.
싱긋…
사 온다고?
나가서 먹는 거
아니고?
헐…(감동)
씻고
기다릴게요,
주인님!
저녁 시간이라
웨이팅
있을 테니까,
조금
걸릴 수도 있어.
아.
꾸욱

8분짜리 PVP 세 판이면
넉넉잡아 30분.

로그인하는 중...

'neutaaaa' 님께서 게임에 접속하셨습니다.

후욱

[길드]모츠에나:
그거 아세요?
오늘 냥다섯글자
발키리로 전직했어요
ㅋㅋㅋㅋㅋ
?
냥다섯글자…?
아…
냥이냥나냥
말하는 거구나.

어제 잠깐 들어와서
봤을 때만 해도
울피스트였는데,

저 수학여행
갔다 왔어요
로그인 보상은
지구별 님이
대신 받아줌
그사이 전직을?
…에이, 설마.

[커플]neutaaaa:
님아, 냥 님이
4차 전직했다는 얘기가
사실인가여.
[커플]지9별:
ㅋ…
네…
아무도 전직퀘
안 도와줬는데 혼자
전직해 왔네요….

…세상에,
진짜 발키리로
전직하셨다고?
텁
[커플]지9별:
하…
지구별 살려~ ㅠ

여기서 잠깐!

◀◀◀ REWIND……

발키리가 일루전에선 유명한 **똥직업**이기 때문이다!

보통 전직을 하면 성능이 더 좋아지는 게 정상인데

발키리는 3차 전직 직업인 울피스트 데미지의 반토막인 데다가

템 맞추는 난이도 극악이라 기피 대상 1위 직업이라고 한다.

차라리
PVP 끝나고
전직하시지….
게임 정보에 어두운
내가 알 정도면
말 다 했지….
[커플]ㅈi9별:
냥 님이 수학여행
다녀오더니
안 좋은 쪽으로
각성했나 봄ㅋ
ㅋ..
헐
님 오늘
어떡해요? ㅠ

[커플]ㅈi9별:
ㅋㅋㅋㅋㅋ 지금
저 걱정해주는 거?
고맙긴 한데
제 걱정 할 시간에
님 걱정이나
하시는 게 좋을걸요ㅋ
빠직
뭐야?

[커플]neutaaaa:
걱정을 해줘도
난리네 ㅡㅡ
[커플]ㅈi9별:
ㅋㅋㅋㅋㅋㅋㅋㅋ

아니,
캐릭터 삭제까지
걸어놓고 뭐가 저렇게
태평해?
냥 님 수학여행
얘기하는 거 보니
연습도 하나도
안 했겠구만;
[커플]ㅈi9별:
그쪽은 준비
잘돼가요?

레벨도 꽤 많이 올렸고…

레벨 195
- Level Up! -

모츠에나랑 연계할 스킬 쿨타임도 맞췄으니까…

[커플]neutaaaa: 연습은 몇 번 했어요.

[커플]ㅈi9별: 실력은 좀 어때요.

[커플]ㅈi9별:
아니, 걔 말고.

응?
나?????

[커플]neutaaaa:
저야 뭐…
여전할걸요….

[커플]ㅈi9별:
ㅋㅋㅋㅋㅋㅋㅋㅋ

ㅎㅎ 재밌겠다~
>_<

진짜…
미친놈인가….

갓 태어난
발키리 끌어안고
게임하게 생겼는데
해맑고 지랄…

혹시
캐삭에 희열을
느끼는 편인가?

발키리 궁금함!

[커플]ㅈi9별:
ㅇㅇ 오셈.

빨리 가서
구경해야지!

18화
ILLUSION...

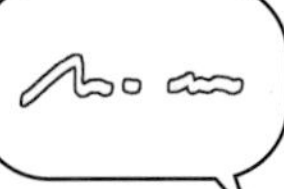

이렇게
사람 많은 거
처음 봐.

북적

북적

북적

피시방인데도
렉이 걸리네.

얼마나
사람이 많이
몰렸으면….

[커플]ㅈi9별:
님 도착하셨음?

[커플]neutaaaa:
네, 어디 계세요?
사람이 너무 많아서
안 보여요;

여기 여기!
뾰옹
아.

어,
얼굴이 원래대로
돌아왔네요?

와, 사람
진짜 많네요;
ㅋㅋ 주말이라
더 그런 듯.

하… ㅋ
변경권 돌렸는데
또 같은 눈 나와서
걍 포기했어요.
아ㅋㅋ
웃겼는데
아깝네ㅎ
뭐요? ㅡㅡ

냥 님은요?
저기에서
연습용 봇
때리고 있어요.
철컥
"후킹스타"!
퍼어엉-!!
콰앙앙-!!
이, 이건…!

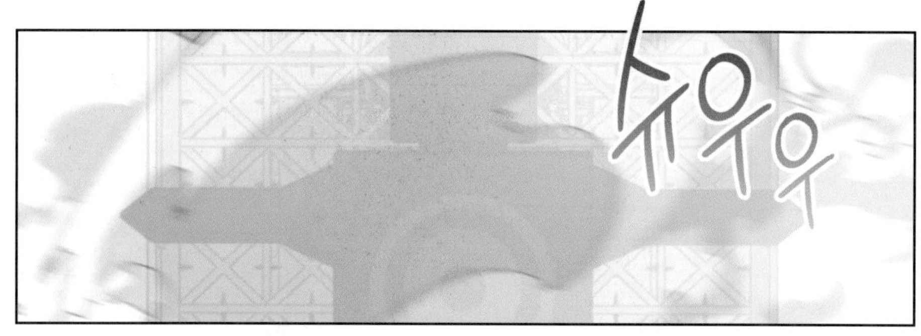
슈우우

MISS
?

헐…
??
ㅋ…
ㅋㅋ…
지구별
살려~

ㅋㅋㅋㅋ
ㅋㅋㅋㅋㅋ

저쪽 팀
딜량 어떡함?

에임핵 쓰고
miss 뜨는 것도
재주다, 재주.

양심도
없지…

이번에도 걔네
정지 안 당하면
겜 접어야겠다.

핵쟁이 죽어!
웅성
핵쟁이 죽어!
핵쟁이 죽어!
핵쟁이 죽어!
죽어! 죽어! 죽어!
웅성
으, 극혐.
저거 핵임?
응. 핵.
웅성
무슨 배짱으로
PVP를 걸었대ㅋ
…포세이돈 길드
여론이 안 좋은 건
알고 있었지만
이런 반응을
직접 보니 괜히
마음 불편하네.
다들
힘들었겠는데….
이 똥캐가
어디서
말대꾸야?
아 발키리
잘 쓰면
좋다고요;
욱신
개판이네
'잘' 쓰면 말이지!
템 부옵션도
못 맞추는 게 까불어!
…신경도
안 쓰네.

[서버]모츠에나:
방송 켭니다^^
영상 링크는
본문 글에다 올려뒀으니
많은 관심 부탁드려요~
올~
오오~~

아,
모츠에나 님이
생중계한다고
하셨었지.

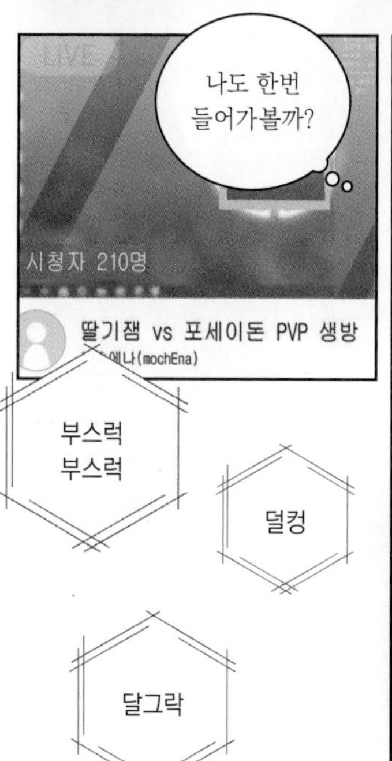
LIVE
나도 한번
들어가볼까?
시청자 210명
딸기잼 vs 포세이돈 PVP 생방
에나(mochEna)
부스럭
부스럭
덜컹
달그락

…뭐야,
아직 준비 중인
건가?

*손캠: 마우스나 키보드 조작하는 무빙을 송출하며, 보통 랭커들이 핵 의심을 피하기 위해 사용함

혹시… 누님도 방송 보고 계신가? ㅎㅎ

멈칫

? 누님이 누구

누님??

누나…

라고 불러도 되나요?

저 누님이 설마 나는 아니겠지?

저번에 하지 말라고 한 뒤론 안 했으니까….

아ㅋㅋㅋㅋ
나 그럼 좀
떨릴 거 같은데ㅋㅋ
ㅁㅇㅁㅇ
누님이 누군데여
썸??

누님이
누구냐고요?
ㅋㅋ 저희 길드
뉴타 님이요.
이욜~
그분 여자였음?
??여자라고?
뭐!?!?!?!?!

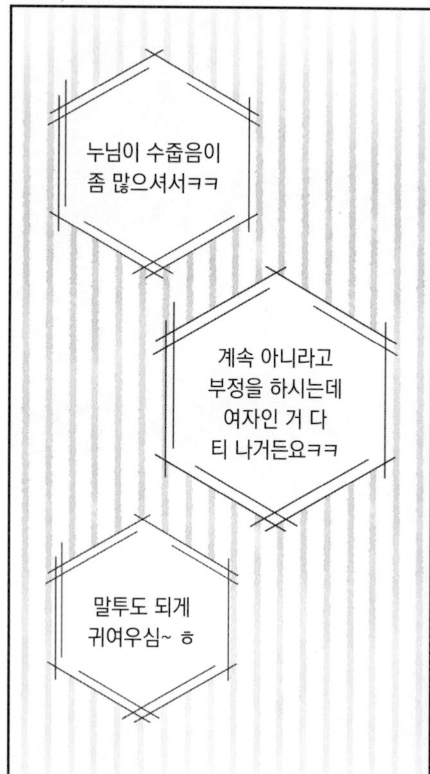
누님이 수줍음이
좀 많으셔서ㅋㅋ
계속 아니라고
부정을 하시는데
여자인 거 다
티 나거든요ㅋㅋ
말투도 되게
귀여우심~ ㅎ

아니 ㅆㅂ
나 남자라니까!!
진짜 왜
저러는 거야,
저 인간!!

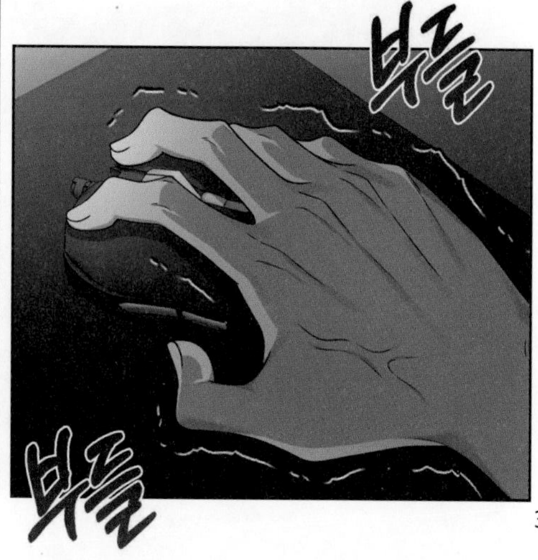
부들
부들

게임 시작하면 최소 30분은 걸리니까,

첫 번째 판 끝나고 맞은편 초밥 가게에 픽업 예약하면 시간 맞겠다.

파티 PVP
제가
신청하겠습니다.
ㅇㅇ
쓔
첫판은 폐허 도시
괜찮으시죠?

ㅇ~
ㅇ

'모츠에나' 님께서
파티에 초청하셨습니다.
맵을
선택 중입니다.
뉴타 님!

대답
꼬라지가
쌍으로ㅋㅋ
싸가지
하고는ㅋㅋ

상대 파티인
나를 응원해주다니,

또 나만 빼고
친구 챗으로
얘기하지 ― ―
훈훈~

폐허 도시 맵을
선택하셨습니다.
폐허 도시로
이동합니다.
Tip. PVP시 발판을 사용하여 건물 위로 올라갈 수 있습니다.
32%

행운을 빕니다.
슈우웅
탓
탓
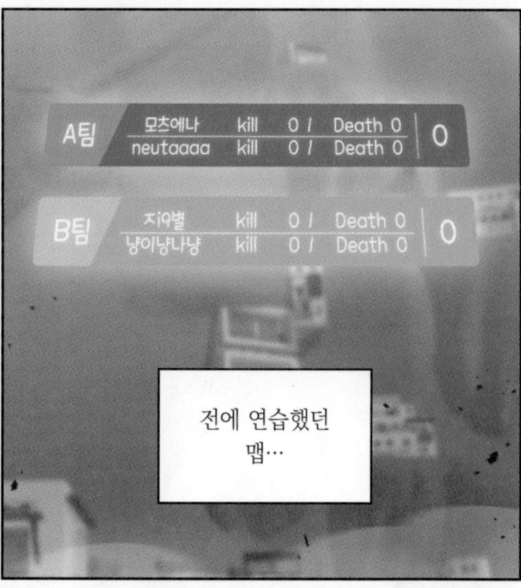
A팀 모츠에나 kill 0 / Death 0
neutaaaa kill 0 / Death 0
0
B팀 지9별 kill 0 / Death 0
냥이냥나냥 kill 0 / Death 0
0
전에 연습했던
맵…

긴장되네.
꿀꺽

…뉴 님.
네?

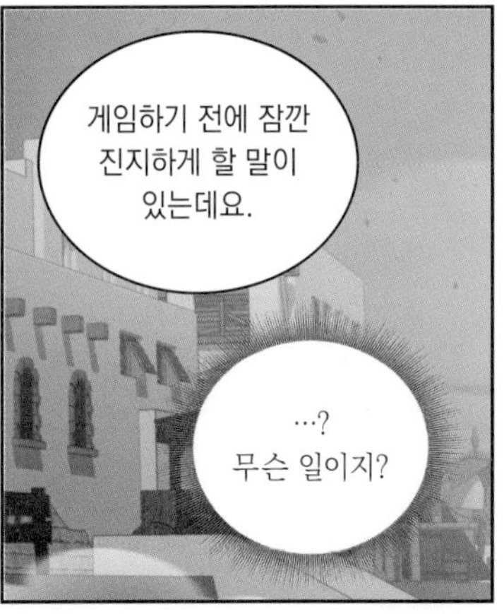
게임하기 전에 잠깐
진지하게 할 말이
있는데요.
…?
무슨 일이지?

실시간 시청자
200명 앞에서
당당하게 고백할게요.

저를 친구로
받아주시겠어요?

누님
이 게임이
끝나면…

……
뭐?

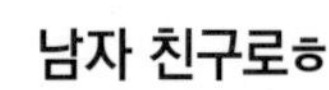
남자 친구로ㅎ

그냥
친구 말고…
척

?ㅋㅋㅋㅋㅋㅋㅋㅋㅋ
공개 고백 실화냐
레전드ㅋㅋㅋㅋㅋㅋ
ㅅㅂㅋㅋㅋㅋㅋㅋ

내가 뭘 본 거지
엌ㅋㅋㅋㅋㅋㅋㅋ
ㅋㅋㅋ날벼락

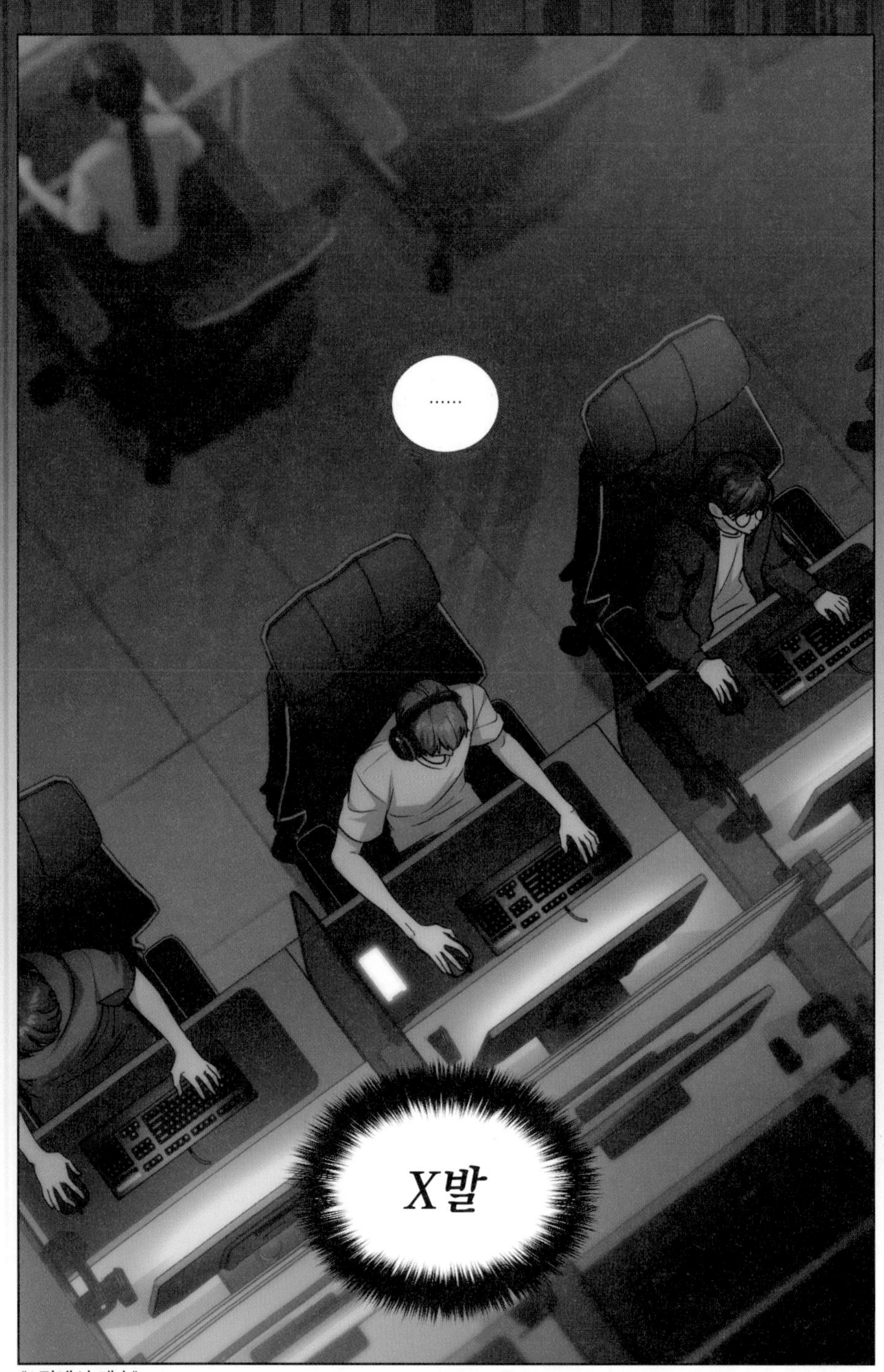

《2권에서 계속》

이웃집 길드원 1

초판 1쇄 인쇄 2024년 11월 29일
초판 1쇄 발행 2024년 12월 27일

지은이 스튜디오 웨이브
펴낸이 김선식

부사장 김은영
제품개발 설민기, 윤세미
웹툰/웹소설사업본부장 김국현
웹소설팀 최수아, 김현미, 여인우, 이연수, 장기호, 주소영, 주은영
웹툰팀 김호애, 변지호, 안은주, 임지은, 조효진
IP제품팀 윤세미, 설민기, 신효정, 정예현, 정지혜
디지털마케팅팀 신현정, 신혜인, 이다영, 이소영
디자인팀 김선민, 김그린
저작권팀 성민경, 윤제희, 이슬
재무관리팀 하미선, 김재경, 김주영, 오지수, 이슬기, 임혜정 **제작관리팀** 이소현, 김소영, 김진경, 박예찬, 이지우, 최완규
인사총무팀 강미숙, 김혜진, 이정환, 황종원 **물류관리팀** 김형기, 김선진, 박재연, 양문현, 이민운, 이준희, 주정훈, 채원석, 한유현
외부스태프 나룬(디자인), 하나(본문조판)

펴낸곳 다산북스 **출판등록** 2005년 12월 23일 제313-2005-00277호
주소 경기도 파주시 회동길 490
전화 02-702-1724 **팩스** 02-703-2219 **이메일** dasanbooks@dasanbooks.com
홈페이지 www.dasan.group **블로그** blog.naver.com/dasan_books
종이 한솔피엔에스 **출력** 북토리 **인쇄·제본** 국일문화사 **코팅·후가공** 제이오엘엔피

ISBN 979-11-306-5641-0(04810)
ISBN 979-11-306-5610-6(SET)